唐克扬 著

异邦笔记

从北京到芝加哥 从艺术史到建筑学
生活在别处 思想在路上

NOTES FROM HETEROTOPIA

北京大学出版社
PEKING UNIVERSITY PRESS

图书在版编目（CIP）数据

异邦笔记 / 唐克扬著 . — 北京：北京大学出版社，2019.5

ISBN 978-7-301-30400-6

Ⅰ.①异… Ⅱ.①唐… Ⅲ.①随笔 – 作品集 – 中国 – 当代 Ⅳ.① I267.1

中国版本图书馆 CIP 数据核字 (2019) 第 043802 号

书　　　名	异邦笔记 YIBANG BIJI
著作责任者	唐克扬　著
责 任 编 辑	闵艳芸
标 准 书 号	ISBN 978-7-301-30400-6
出 版 发 行	北京大学出版社
地　　　址	北京市海淀区成府路 205 号　100871
网　　　址	http://www.pup.cn　　新浪微博：@北京大学出版社
电 子 信 箱	minyanyun@163.com
电　　　话	邮购部 010-62752015　发行部 010-62750672　编辑部 010-62752824
印 　刷　 者	天津图文方嘉印刷有限公司
经 　销　 者	新华书店
	880 毫米 ×1230 毫米　32 开本　5.75 印张　188 千字 2019 年 5 月第 1 版　2019 年 5 月第 1 次印刷
定　　　价	42.00 元

未经许可，不得以任何方式复制或抄袭本书之部分或全部内容。

版权所有，侵权必究

举报电话：010-62752024　电子信箱：fd@pup.pku.edu.cn

图书如有印装质量问题，请与出版部联系，电话：010-62756370

目录

想象的新大陆　　1

肖斯夫人的小屋　　17

孤独的年　　29

别处谈吃　　39

凉薄的异国　　51

图书馆之死　　63

海德园寻穆旦　　77

洛阳 Circa 2000　　89

逝去的故国　　103

十年一觉电脑梦　　117

康桥奇人　　133

哈佛购物指南　　153

跋：出发又是离别之始　　174

插画艺术家

李笑男
中央美术学院美术史博士
执教于中国人民大学艺术学院

Hello！
纸上丙烯
20cm×30cm
2016

摇摇车
铜版画
20cm×30cm
2017

化妆舞会
纸上水彩
20cm×30cm
2017

洛阳
纸上水彩
20cm×30cm
2018

Thomas
纸上水墨
20cm×30cm
2017

金家街 94 号楼
纸上丙烯
20cm×30cm
2017

早茶
布面丙烯
40cm×50cm
2018

斑斑
布面丙烯
20cm×40cm
2017

兰波
纸上水彩
20cm×30cm
2016

梦特娇
纸上水墨
40cm×40cm
2018

猫头鹰人
纸上水墨
40cm×40cm
2016

无聊
布面丙烯
30cm×40cm
2016

想象的新大陆

约翰·丹佛去世了!

他是因为驾驶飞机失事遇难的。这则消息登在 1997 年的中国报纸上,虽然经过了大肆渲染,依然不是那么引人注目——因为丹佛有名主要是因为歌唱得好,长得只能属于凑合,他年轻的照片就一副中年怪叔叔的模样,现场效果怕更是"相见不如怀念"了。

丹佛不是没赶上来中国开演唱会,但反响据说是他自己都不甚满意的,他属于"弱媒体"时代的艺术家,主要靠作品发言,而媒体对于个体形象的放大程度那时还算有限。在他那个时代,除了大红大紫的"披头士"一类,歌手中还很有些如他这种闻声不见人的,要见,也就是在小小的音乐卡带封面上,只有一张分辨不出太多细节的脸。又譬如我曾经喜欢的另一位美国民谣歌手,保罗·西蒙,《斯卡波罗集市》的原唱者,丹佛死后五年的 2002 年,我在某个聚会上远远地瞅见了他,那样子,绝对是路人甲一个啊。

可是论到1980年代成长时期对于美国的"初印象",这两位对我却是影响太大了——所谓"初印象",就好像你在真正身临其境熟悉一个地方之前,在明信片上看到的风景。在1980年代前半截,要说约翰·丹佛有邓丽君那样的知名度,显然是言过其实了,论影响力他或许还赶不上约翰·列侬、鲍勃·迪伦,至少这几位的名字中国摇滚迷有更深的印象。但80年代的大学生却很有些知道丹佛的,知道他的"乡村大道伴我行""阳光洒在我肩上",因为在那个百废俱兴的时代,他"向后看"的怀旧和亲切,居然是和特殊的时代氛围意外契合的:

> 简直是天堂啊!
> 兰岭山,谢纳多阿河
> 那里的生活年代久远,
> 比树木古老
> 比群山年轻,
> 像和风一样慢慢生长

在"寻根""乡土""黄土高坡"这些关键词满天飞的三十年前,许多连中小学都没怎么好好上的人,光是听到这些怀乡调的名字就仿佛见了亲人——自然,这样的对美国大陆的理解,是中国人一种一厢情愿的错觉,除了乡村大道还拥有自己的小飞机的丹佛可能是不会认同的。而且,在他最后生活的那个时代,大多数美国人对于"乡土"的观念早已改变,不用说,这个超级大国

1-1 由纽约皇后区向曼哈顿岛的方向眺望,2015 年

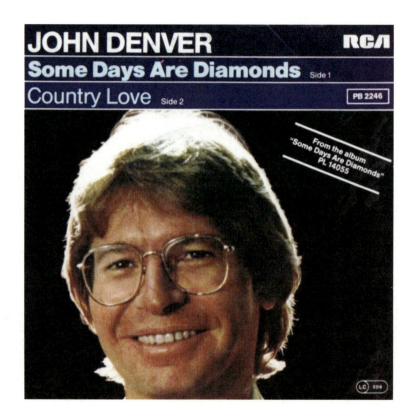

1-2 约翰·丹佛的唱片封面

早已充分"建成",由于电信、交通和物流网络的成熟和方兴未艾的互联网的莅临,丹佛歌声中的古老生活的角落也已经并不神秘——"(美国人的)世界(已经)是平的"。

倒回头去看看就会诧异了,一些模糊的印象,怎么会根深蒂固地影响你十年、二十年的对于一个未知世界的印象?

今天的孩子们或许难以理解"遥远""未知"这些词语的含义了。我算不上"80年代新一辈",又生活在难得看见外国人的外省小城市,能有机会熟悉丹佛、西蒙这些人,得是在我英语水平刚开始对付的1980年代末。我的一个中学同学的表哥是那年月刚兴出国热时出去的,又是"文革"后第一批外语的大学毕业生之一,生活在中国的大都会。显然,他们属于更有资格也更有能力消受这几位"洋知青"的人群。在我同学的家里,我看到了他表哥与他讨论流行音乐的通信,其中大段热情洋溢的描述,都是表哥虚构美国乡村生活的文字,其中大部分纯属臆想:"……田野上开着矢车菊(表哥一家都是土生土长的北京人,压根就没见过什么"矢车菊"),科罗拉多的阳光热烈,天空碧蓝……"除了没有"康拜因",一切倒是有点像《金星英雄》中的苏联集体农庄。

其实这一切还部分归功于约翰·丹佛。丹佛的民谣是"嘣嚓嚓"的迪斯科音乐之外的1980年代大学生的另一种需要。他的歌平易上口,又有罗中立的"老爸爸",又有海子的"土地与麦子";他的歌和保罗·西蒙一起制造了"加州不下雨",一个金色的异国神话。

重要的是,这些都发生在1980年代中后期,发生在我们都只能对着小彩电屏幕,甚至几张印刷粗糙的彩色画片遥想异国的时代,后来,他表哥如愿出国了,却由历史专业改行当了经济法方面的律师。

于是,可以想象,这些闲着吹水的书信戛然而止了。取而代之的,是另一堆匆忙、潦草的笔迹:

信就写到这儿了,我马上要去准备BAR(律师资格考试的简称——作者注)的考试了……

上次寄给你的GRE资料没丢吧?这些是台湾同学送我的,一定要反复、反复地看……英语一定要从中学开始抓(那时候还没有"新东方"这回事……——作者注)

在出国的时候,我同学的表哥把自己收藏的音乐卡带和书全部送给了他。从那些仿佛有着神奇魔力的音乐卡带那里,我全面认识了约翰·丹佛和其他一些美国歌手,尤其让我印象深刻的是,磁带附的小小歌词页全都被标记得满满登登的,脆弱的纸页揉得都有些翻卷了,倒像是他表哥用过的英语课本,上面有音标、词义、吉他和弦，还有细细的小字评语，五颜六色，像是不写点什么就对不起纸上的空白似的。和他家书橱里那些课本和杂书一样，这些"批注"使人想见了这个年轻人一度的如饥似渴。

回想起来，我忽然意识到，我其实也是追随着同样的足迹——感官的、思想的足迹，一路寻到美国的，他是"八十年代新一辈"，我们则是还没来得及上网的"九十年代新一辈"，所以需要这些虽然只是片断但毕竟稀缺的指路牌，它们指向的是真实还是错觉则并不重要。毫不奇怪，看完了他表哥的托福教材，我的同学最后也辗转出国了，他妈妈热情地要把他表哥那些"没用又占地方的"闲书和磁带转赠于我。搬回去细细地看，觉得他这位先学历史后改行在美国当注册律师的表哥真是棵"文化植物"，只要有空气和水就可以把光线变成营养——他买了和看过的书不可谓不多，而且杂，从《自行车修理方法》到《公元1500年前的世界》，到《当代西方美学纵览》……那个时代的书尤其是国内作者所写的，往往热情有余而深度不足，多的是今天看来未免有些空疏的话，可分明是这些杂粮的养分滋养了他，这些藏书一律被草草地浏览过了，打上了粗粗的红蓝杠杠，和那些饱受摧残的歌片差不太多。

那些细小的评语，热情也有点盲目地伸展在有点泛黄的纸页上，向你标记着某种叫作"理想"的东西，它在那个时代里曾有过恣意的生长。

他留给我的美国印象也差不多是这样：它们仿佛是在灿烂的地平线上，实际又在云里雾中。我怀疑，那些前后向三个不同年龄段的年轻人介绍美国的英文教材，连原装封皮也换了的，其实大多是台港的影印版，经过一重未经许可的复制，如今又在内地盗版了第二次，异常模糊的照片印在不是很讲究的纸张上，只能粗粗看到内容的大略。但是，这些连印刷网点都能看得清清楚楚的图像，给人的印象并不因为质量而减弱，影调和层次因为粗糙的纸张晕染了，反而柔和得像手工印的艺术品，那里面的世界虽然没有颜色却不像是子虚乌有，而是一个完美得让人觉得不真实的所在。所有的男男女女笑容可掬，衣着风度显然都比我们讲究许多；都会的繁华固然使人难以置信，就连广袤的风景也是如梦如诗，每一张仿佛都赶得上安塞尔·亚当斯（Ansel Adams）的作品——或许美国人自己都难以理解这种隔着大洋的想象：为什么我们的"盗版"看上去会比他们的"真实"更棒？

还好，后来，我也到了美国的小镇，并且住进了真正的普通美国家庭，有机会见证了真正日常的美国。我永远都记得和来自伊利诺伊州石渡（Rockford）的男主人初次分享我的美国想象的场面：这是一个始终不太安生，却又绝不会离家一百里以外的中年人，他最好地定义了"沉默的大多数"的标准形象，好像画家格兰特·伍德（Grant Wood）画中的小镇人物溢出了画面。他对我说的几乎每句话都表示惊诧，同时却又对面前的一切好像厌倦到死。我们说到中国，他问我是不是每家都要在稻田里种地，晚上嘿咻有没有电灯；我们谈到国际政治，他说美国应该把大兵从欧洲都撤回来，省得他们在小镇上的妹子跟人跑了；我们提到乡村歌手丹佛，对他来说，那是一个他小时候就不太喜欢的，如今又有点亲切感了的怪咖；我们讨论科罗拉多大峡谷，他打着哈欠说，这种地方他一辈子也就去一次，而且他觉得要远足的话，美国这样的地方多的是何必跑远。他感兴趣地说，愿意看看我的那些启蒙英文课本，因为倒回头来看看别人眼中的自己应该很有乐趣。

你一旦流露出他不懂美国以外世界的意思，他就急了，立刻搬出大批他在欧洲旅游时买的精美画册，以及各国人士在他家借宿时叉着剪刀手拍的照片。

作为小镇上的头面人物，他并不怎么专注于摄影，却有整整一套"哈苏"一类的高级相机。

两种美国仅仅是"分辨率"的问题吗？一个像我这样喜欢遐想的文艺青年和小镇大叔的差别，仅仅是一般的人类常情吗？大叔熟悉的是生老病死无始无终的生活，这种生活因为没有大烦恼反而显得更加乏味，而我的美国好像是一个路人站在一个小镇的外面向内张望，看到的都是招牌式的片段风景，是它好的一面又是以偏概全，比如"不下雨"的加州。

公允地说，这种乐观的想象并没有太高估了美国，两种"美国"间的转换不全是由理想坠入现实,即使算上那些不尽如人意的地方,这个国度在现实中的富足依然是可观的,有些地方甚至超过我当时那有限的想象。至今,我还记得上个世纪俞敏洪在创业不久的新东方授课时给我们讲的感受:在广袤的国土上,美国让每家每户都实现了热水入户(而且,以我在北美各地亲身的体验,热水的供应还是相当稳定可靠的),这实在是一个了不起的成就。

我也记得,当时介绍美国的盗版书上写着,美国人把机动车道路铺到了包括内华达沙漠居民在内的大部分国民的门前,这和热水入户的道理是一样的。美国不仅是一个整体效益绩优的强国,更极大地提升了普通人自我实现的空间,至少在八九十年代我们抬头望去的那时候是如此。当我和石渡的大叔谈起摄影,他居然掏出了一大堆让中国的专业摄影师也会羡慕的镜头,他不过是用它拍点他的小工厂生产的零件的广告。

后来,我才感慨地想到,这优渥的条件里,实在是可以诞生出无数个斯蒂芬·斯皮尔伯格的——要知道,最初,这位电影大师也不过是俄亥俄州一个小镇的儿子啊,和我一样,区别是他爸爸送了他一部玩具摄影机。在童年时恰逢其时地到来的、能够启发智性的礼物,对于一些富有天赋的心灵而言,意味着可能截然不同的人生。

但我心目中两种"美国"间的差异和这些无关,这是生长在美国的人所永远无法理解的。它是想象中的"别处"和真实的"别处"的差异,属于"出国"尚具有特殊含义的20世纪最后二十年。对于我们这些注定要转徙他乡的人而言,它是魅惑所在也是困惑所系——当真的置身"别处"的时候,很显然,"别处"其实已不全是身外的那个世界了,就像手机里偶然翻出的旧照,看上去,怎么也不像是可以触摸的现实。

我理解80年代的那些"学长"们时已经隔着一层,而我们的"学弟""学妹"们看待异国的方式更是另一重想象。他们对西方自小的熟悉我们是没法比了——21世纪初的一个早晨,我走过北大的本科生宿舍,听到两个学生一边刷牙一边讨论昨夜NBA的战绩——照理说这群人和美国生活应该更迅速地融为一体,但是我观察到的现象,却似乎是新一代留学生"抱团"甚至更为严重,一方面固然是因为现在海外中国人的社区规模已经空前扩大,那种"举目无亲"的状况再不多见;但另外一方面,这也证明了一种永恒的"别处"的存在,并不随时代变更。无论如何,从想象到现实又到想象的轮回,还是人的天性中久经挣扎又富有诱惑的一部分。

即使到现在,"出国"这个字眼对于中国人还是非同小可的。巨大的生活压力,使得很多年轻人尤其是中低阶层的年轻人对"出国"寄寓了非常高的希望,和考取一所国内著名大学、适应公务员的体制内生活相比,"出国"依然是一个富有魅力的选择,因为付出了金钱竭尽了心力克服了文化差异的基本困难,人生的曲线不难向上攀升哪怕一小截——在"出国"的初期,这种差异尽管令人痛苦,机会也终究稀薄,但"别处"仍被说成一种光明灿烂的远景,被蓄意地错解、美化和再创作,成为社交网络里各种艳羡的发源地。或许,这种真真假假的"别处"可以解释成东土独特的现象,属于20世纪之后充满着焦虑却终是喘着气往前走的中国。

"别处"像石油,开采随供给与日俱增,又因消费扩大而促进了生产,一时倒也还不会枯竭。即使出国的人已经越来越多,即使对几个通俗的"异国"了解更加深入,对大多数人而言,它们依然是个谜,只有经过身临其境的长时段的生活才能真正理解其含义;虽然很多人慢慢都适应甚至喜欢了"西餐",特别是麦当劳肯德基,但是,两种文化的差异仍意味着不可逾越的鸿沟,包含着某种政治和伦理间命定的不平等,在欢喜的主旋律后回旋着愤懑和哀怨的余曲。于是,置身于海外的人,不仅是继续做着梦——即使他们自己已经没有梦,这个梦也常常托付在下一代的身上——而且与此同时,他们也体会着现实中那些遥望他们梦境的人的感受。

所以,"异国"既不是被延宕的理想生活的开始,也不是一劳永逸的结束,它关系到远远望着风景的人终于走在路上的状态。

他向着一个尚未达到的终点艰难跋涉的同时，又会对自己的来路感慨万千。

寻常美国小镇的人们肯定体会不到这一点。"异国"的丰富寄寓，不仅仅是现实政治中的不同视点，凸显强弱之别的文化立场；更是不同时代里不同朝向的戏剧。"新时代"以来的中国人，他们流逝的时间永远是走快五分钟的，已经很急促的行动依然跟不上蓬勃的想象；反过来看一个石渡镇上的美国人，他们的时针分针是不紧不慢地走着的，世界上的任何人和事通过调试良好的系统精确地播放出来，便慢慢没有了催促心跳的"时差"——对于中国历史而言，前一种现象固然激动人心，却是一种惊心动魄的事变，我们就像处于千年流亡之中的犹太人，处在一个恒久地想象"别处"而不断上路的过程，不知道这种过程会持续多久。那些选择在异国沉淀的国人们，你既可以说他们是融入了更广阔的空间，也可以说是从共同命运的旅途中脱离了大部队。

"别处"依然是"别处"，但昔日的想象已经变味了。我早就不知道我那同学的表哥去了何处，就连同学本人，也在拖儿挈女的"日常"中终究陷入了沉默——丹佛的歌曲现在用不着去买唱片，Youtube上放一放就可以，但他还会时常听吗？

而我是个恋旧的人，有时还会打开手机听听这些英文老歌。丹佛有一句歌词给我留下了深刻印象，英文是"Some days are diamonds, some days are stone",直译的意思是"一些日子是钻石，一些日子是石砾"，或者用中国的俗话说，"此一时，彼一时"？

以前一直不太懂这句歌词的意思，还有保罗·西蒙著名的"The Sound of Silence"——"寂静的声音"，我最初也听不太懂，这算是病句吗？直到我研究生毕业，"九十年代新一辈"的光荣也即将过去，有一天在网上闲游至深夜，起身欲自图书馆离去，忽感萧索，突然懂了一点这一句的含义，机房的机器嗡嗡地响着，却没有半分人气，就像大学毕业那天给哥们儿送别，本欲说点什么以壮行色，一刹那间，却又感到灰溜溜的一句话也说不出来，周围安静极了，只有不懂事的火车汽笛在同样嗡嗡地吵，是均为"寂静之声"。

人在何处？这是个庸常的时代，在我们"发展中"的这当儿，庸常的生活毕竟还会因为平静间夹杂的高潮而有所增色，听腻了"心太软"明天还要上班的人会硬起心肠关了手机，合上电脑。但对于美国和生活在美国的人们来说，他们早已没有了时间上和空间上的边疆，福瑞斯特·甘姆（《阿甘正传》中的阿甘）不知疲倦的双脚也找不到"寂静之声"了。一些日子是石砾，散落在石砾中像钻石；一些日子是钻石，摆在金楼银楼里，像石砾。

肖斯夫人的小屋

提到肖斯夫人的住处不能不提到她如今大名鼎鼎的邻居，巴拉克·奥巴马，芝加哥大学法学院曾经毛手毛脚的青年教师。"巴拉克把家安在海德公园了，这回咱的社区福利有保障了"，父老们奔走相告欢天喜地；可是，远处分明停着两辆警车，可能是白宫特勤处的小伙。目睹这一场景，他们不以为然地撇撇嘴，心想："我们可是防火防盗防你们呀。"

这当然只是我幻想出来而不曾目睹的一幕。肖斯夫人是我在美国的第一个房东，住在著名的芝加哥大学校园东北的爱丽丝街（Ellis Ave）上，1998年秋天我出国来到芝加哥住进海德公园（Hyde Park）的时候，奥巴马先生还要到十年后才上任，同一个地点还断没有如此欢快的气氛。相反，我倒是听说了这里前两天刚发生了一起可怕的抢劫案件……目测了肖斯夫人的小屋和大学教学区的距离，也就两三条街，这么近，我一大小伙子估计也没啥，想想一咬牙就搬进了她的小屋。

肖斯夫人是黑人，用"政治正确"不带歧视的话来说，是非洲裔美国人。她当医生的丈夫很久前就去世了，自己独自住着一座"汤耗子"（townhouse）式样的小洋房——在来美国之前我肯定被这样的图景振奋了，小洋房，那还用说，在国外的房子自然是"洋"的，我自小一家人18平米，上了学都是学生宿舍，也没住过一间自己可以控制啥时熄灯的房，这变化不可谓不大；看上去，房东老太太也正合乎此前中国留学小说里的形象——"我房东我房东"自豪地挂在我的嘴上，以后咱终于用不着新东方疯狂李阳新概念，也可以一天二十四小时见缝插针地人际学习英语啦。

海德公园所在之处叫作海德公园-肯伍德（Keenwood）地区，前者是这一区域所在行政区划的名字，后者的由来大概是它包含的主要街道，肯伍德大街。这一地区素来以非洲裔美国人的犯罪活动而著称，据说，常常一街之隔就有性命之虞——不怀好意的老生——他现在已经是"长江学者"级别的著名教授了——奸笑着告诉我。于是，从肖斯夫人的小屋走出来，从此我有好长时间都对静悄悄的大街心惊胆战。

刚到芝加哥的头几天，时差还没倒过来。坐过长途飞机跨国旅行的人都了解，有时候那真是一种比受酷刑还难受的肉体倦怠，浑身哪儿都不对劲儿。那时候我对小屋的构造既不了解，也没精神头儿去琢磨——弄点吃的最要紧，好不容易手忙脚乱把菜炒好，已经困得把炒勺都丢在火炉上了。

肖斯夫人的家具有些岁数了，厨房里也常有些隔年的奶酪、火腿之类，东西朝向的小屋在朝阳加西晒的状况下，总是散发出一种暖烘烘的气息，更加使人昏昏欲睡。这样呼呼睡了几天，有天夜里，我忽然被一阵窸窸窣窣的声音弄醒了，睁眼一看，原来是肖斯夫人，正推开门向我的屋里张望；因为她黑黢黢的肤色，黑暗中基本上看不出人形，只有她的眼白转动着，发出微微的亮光。

你——你的什么的干活？

对不起，我实在记不清当时我说的是英语还是汉语了。设想你第一次出国，半夜一觉醒来，遇到这种情况，情急之下该说什么语言呢？

同样，我也记不清肖斯夫人如何回答我的问题了。

多少年之后，我开始明白她这么做的心态。肖斯夫人的丈夫去世已经一二十年，这段时间她一直是一个人住的，轻易没有居委会大妈来拜访，大概青年学生房客和她也没有什么共同语言，老年人独自住着这么大一幢房子，心里不踏实大概是一定的；寂寞这东西就像毒瘾，只会越陷越深，不会轻易自愈。肖斯夫人据说有个儿子，住在遥远南方的某处，可是除了听到他和他娘在电话里大喊大叫之外，真神就从来没有出现过——说到她家的电话，不能不提到它的特别之处，反正也没什么人给她打电话，肖斯夫

2-1 城市更新后在 56 街建起的现代主义式样的住宅，贝聿铭参与了其中的设计
2-2 城市更新之后由 55 街往西看 University Park Condominium 的方向
2-3 城市更新之前 55 街上的繁荣景象
2-4 康尼岛沙滩上走过的一位非洲裔美国人

人就通知电话公司断了线,保留最基本的功能,只能打进不能打出。

家里倒是还有另一部电话,既可以打进又能打出,可那居然是一部投币电话!

在美国这么多年,在私人家里安装的投币电话,那是我看到的唯一一部。我也不清楚,现在诸如打进不打出这种业务还有没有了,想来,大概是从前的坏小子房客们总欠电话公司的钱,弄得肖斯夫人不厌其烦,久而久之,她就想出了这么一个绝招:禁止房客们再借用她的电话,要和女友煲电话粥就得准备一大堆硬币。这部AT&T的投币电话想来有年头了,设备从来没有更新过,而且是那种没有按键,需要一圈圈拨号的老式电话,在当时的中国都已经不太容易见到了。一手拎着听筒,一手投币,还要完成听音拨号的复杂动作,难度那是相当的大。没有想到,就是这部电话后来给了我一个大难题。

问题的缘起还是和肖斯夫人小屋的状况有关。

和咱这里一样,美国房屋租赁"几大件"的标准是很清楚的,这标准里面自然也包括了冰箱,可是她分拨我使用的冰箱别的还好,就只有一个毛病——不制冷。我埋怨了几句,肖斯夫人于是仔细地研究了它的构造,得出一个结论,机器没毛病,就是门关得有点不太严实。终于有一天早晨,我被楼下"哐哐"的声音吵醒了,原来是老太太一遍又一遍地摔打着冰箱的门,想把它牢牢地、一劳永逸地关上;我百般劝说没有效果,只好戴上耳机上楼去了,想不到的是,第二天肖斯夫人把冰箱的门用布基胶带(duck tape)——一种非常结实的家用灰色胶布给粘上了。

这样一来冰箱倒是关上了,但是,先不说每次打开冰箱都要费牛劲儿;有关得太牢的门捂着,本来那点微微的寒意不知怎么反而没了,里面的东西全都捂馊了——我只能暂借老太太自己的冰箱,她的冷冻格强大无比,我的牛肉进去没一会就成了冰疙瘩。我急着出门前把饭做好,也找不到合适的办法快速解冻,加上时差影响的脑袋还昏昏沉沉,像是心慌没什么主意,只好把冻得像铁一样硬的肉放进热水里去,马马虎虎浸一浸就操刀来砍,谁知道没能彻底化开的冰肉像镜子一样滑溜,这一下失手,就把手指肉削下来了一小块,血流得像是止不住。

接下来怎么办呢?打电话叫医生?那时的我到美国大概不到一星期,连硬币的种类都分不太清,翻出兜里仅存的几个硬币,心想着没料到在国外第一次给洋人打电话居然是因为这个缘故。可是,这部罕见的电话对于双手协同的操作要求太高了,我用脖子夹着听筒,受伤的手指自个掐着自个儿,闲着的那只手开始往里塞钱,手忙脚乱地就是塞不进去。

肖斯夫人的叫喊现在我记得还很清楚："不对，年轻人，是两毛五（quarter）的，两毛五的！"

从那次"亲密接触"后，我知道了肖斯夫人故去的丈夫是个医生，而医生在美国是个很受人尊敬的职业。肖斯夫人教给我石破天惊的知识，和我同样当医生的母亲传授的截然不同，就是止血可以用凉水来冲——大概这里的自来水卫生状况尚可，不至于引起破伤风。她的屋里，显然还保留着大量医生早年留下的痕迹，整排整排的文件柜，里面整齐的想必是患者的医疗档案；更重要的，家里的一切用具都还是很讲究的，看得出来够中产阶级的水准，整套的老式家具加上一应俱全的各种过时电器，至少是二十年前的出品了——过时归过时，它们几乎没有怎么使用过，一切都透着那个年代的时髦劲儿。

无论如何，我对美国人生活的熟悉确实是从这里开始的，这里的熟悉不仅有直感的物况，还有浸透在这物况中的浓浓的人情。

只是一切的一切蒙尘已经很久了，无论是小屋里的陈设，还是肖斯夫人自己的表情—— 像是坐了时空列车回到了过去。我非常好奇的是她面积不小的起居室，很大的餐桌已经很久没有用来吃饭了，而是放着数不清的小泥偶，每年的节假日里，美国人的家庭都会买这些玩具来装点气氛，圣诞小屋的模型、美国历史上的人物、卡通角色……从这些玩具的数量来看，它们的寿命可能不短了，自从这间屋子的男主人离开后，它们就再也没有离开过自己的位置，越是靠里面的就越是陈迹斑斑；整间屋子充满了这样那样的装饰物和纪念品，它们显示出这屋子里曾经有过的人的活气儿，可是，一切都像楼下的冰箱和电话那样，功能老化了，甚至永远停止了自己的运转。

切指事件之后我和肖斯夫人显然拉近了距离。我不仅了解了肖斯先生的事迹，而且还知道了肖斯夫人对她儿子的不满——肖斯夫人切断电话看起来和他大有关系。我费力地听着老太太带有亚特兰大口音的英语，眼前仿佛像放电影一样出现了一部美国黑人家庭的历史：在五六十年代，年轻的肖斯先生携家带口来到了芝加哥，那正是战后民权运动兴起的时期，南方黑人向北方的大迁徙（Great Migration）给中西部的城市带来了结构性的变化：黑人所需要的廉租房却是白人的噩梦，它使得海德公园这样原来称得上是高尚社区的城郊出现了白人的大撤退（White Flight），也让种族隔离的趋势愈发明显，55 街以南，就是称得上是"学术修道院"的芝加哥大学，55 街以北和 60 街以南，却是黑压压一片基本由非洲裔美国人组成的社区，那里潜在的暴力犯罪，让大学的学生轻易不敢在夜晚独自上街散步。

这一切从外表却是轻易看不出个究竟的。一个初来乍到者，多少会被林荫小道下的整齐住宅所吸引，那里的建筑见证着这一地区曾经有过的黄金时代——建筑内里的生活却可能是暗淡无光的，几家欢乐几家愁。自从她的丈夫撒手西去，肖斯夫人便独自在这样的小屋中活着，她的时钟在 80 年代的某一刻突然停住了，现在唯一的外出活动，就是每周一次风雪无阻地推着小车上北边那条 53 街的食品店购物。肖斯夫人步行的活动半径，和宜家家居、无线通信、Internet 以及一切时髦的东西无缘，她的灵魂像是永远留在了上个世纪。

不，你说得不对。我有驾照的，我还有汽车。

不知这是记忆的碎片还是时光流转的"插叙"，我仿佛又听见了肖斯夫人的喃喃自语。那一刻是真实的幻境，老太太似乎为了证明她刚才这句话的正确，掀开地上的一扇盖板，拉着我的手径直向地下室走去。我大吃了一惊，从来不知道地板下面还有这么一个玩意儿，更让人吃惊的，是地下室里居然有一部白色汽车，就是从没见她开过。汽车的式样像是《午夜牛郎》一类电影里的了，尖头的造型仿佛很酷的爵士歌手穿的火箭皮鞋一般，足见其老，而成色倒是很新——它一样也蒙着很多灰尘。

最奇怪的是，它究竟是如何开进地下室去的呢？

孤独的年

除了有一次"意外",我已经将近二十年没有过中国年的经历了——准确地说来,是将近二十年没有在国内过春节。在美国过年,那也就基本等同于没有"年味儿"。

不能不首先解释一下,隔着大洋的经验差别,首先是从直感里迸发出的有些错乱的生命"时序"。国外有另外一种"年味儿",始于自十一月下旬感恩节开始的"假日季节"(holiday season)——等到我们的春节期间,正值大多数职业人的一年之始,老外正忙得不亦乐乎呢!于是再温馨的故乡问候,有时也只好偷偷在工作之余转达。很奇怪他们的"年"的表达方式,是如同胜利大逃亡一般的,大都会的忙人,和我们一样,过年时很多人都"春运"回了来处。

中国年,开始于大城市"停转"之时,但这并非意味着世界就一下消停了,生活并未停止,也不过是一种热闹换作了另一种;我们现在的"突击休假",像是把高强度的工作变成了高强度的休息。然而"他们"的假日,看来主要是给自己放的,不过是从烟花绚烂归于寂静平淡。

简单说来,我看到的,或是实实在在地感受到的是,越是过年反而越是冷清。

这冷清,当然,一部分得"归功"于我(或者,几个知名的北美大城市的人们)所生活的高纬度地区的气候。一旦到了新年时分,那里的世界多半白雪皑皑,天寒地冻,开车经过城市或者城市的郊区,一眼望过去路上看不到几个人。尤其是在晚上去朋友家拜访,只凭着一通电话后记下的薄薄纸条上的一串数字和字母,就要穿过大片银色的林莽,黑黝黝望不到头的山野……那时候还没有智能手机,不方便和朋友电话里核实地址,当然也别想临时去比对电子邮件,于是不禁怀疑自己走错了路?但是与此同时,只要别放弃,横下一条心,准确地抵达某个指定的地址,哪怕一切再不熟悉,房子外表的模样和设想的有极大差别,一旦敲开门进去,又定能看见张张熟悉的笑脸,如约而至的庆祝,很少被"忽悠"。我感到,那像是漫长的太空飞行之后,突然抵达了母港的蔚蓝星球,不知哪个按钮按下,门前突然亮起了节日的彩灯,这温暖的灯火映着屋里说说笑笑的脸,与广大的黑暗形成戏剧性的反差。

这背后当然还有更本质的原因。在那个社会结构中,我,一个外国人,一开始所看见的只是汪洋之中的孤岛。学校是我最先接触到的,也是唯一的港湾,在那里的老师学友,比一般的美国大众更"国际化",更能成为你精神的泊岸,一旦偏离这条惯常的航路,你就进入了异国文化的远海。一开始,迷路是很可怕的一种经验,它使你第一次意识到"陌生"的存在,比语言的障碍更难逾越:人,脱离了强迫性的热闹和自发的聚集,终有可能是孤独的。

有一年在芝加哥的郊区,我就是这样迷了路,岔进了陌生的航道——天色将晚。我在小镇破败的街区间走着,尚没有意识到,我其实下错了通勤火车的车站,因为两个站名只有一字之差——其实在美国待久了的人都知道,即使费城(在田纳西、印第安纳、伊利诺伊、密西西比都有……)、波士顿(在全国有不下二十个波士顿的"孪生兄弟"……)这些耳熟能详的大码头,也不是什么独一无二的地名,何况很多车站前面就是一个"南"或"北"的差别。这错误可以理解,但对置身其中的人而言,却是一个致命的失误……越是对不上朋友事先的指点,心里就越是发慌,走在空无一人的街道上,就仿佛走进了西部片里鬼城的布景。

第一次看见寂静的街上有人,却是个神情呆滞的黑人,孤单单地倚靠在路边的墙上……由于某种可以理解的原因,我并不觉得在他那儿有我想知道的东西,但是眼神交接以后,显然不说点什么也有点怪异了。结结巴巴地,我和他搭了几句话,对我口述的地名，他的脸上显得一片茫然，不仅没有答案，甚至表情也显得不那么友善。我意识到，继续纠缠下去，从他那也得不到什么有价值的信息，弄不好哪句话还惹毛了他。潦草和他作别的同时，我紧张地思忖着，现在唯一的办法就是赶紧逃离此地，顺着来路回到车站去，至少，回到一个安全的、我可以打电话的地方……就在这时候，他忽然在身后高声叫了一句："Wait！"

瞬时间，各种恐怖的联想都涌进脑海。我是该转身飞跑吗？会不会，就像学校的预防犯罪课说的，当你碰到一个不善的陌生人时，最好选择和他平静周旋，不要转头撒丫子跑掉或者直接和他对抗，因为后者反而会激起了"潜在罪犯"的敌意，让他们掏出兜里的……而"激情犯罪"？

我壮着胆子，反而向他走了一步，现在，我已经记不清自己到底和他说了什么，应该绝不是什么流利的问候。

我反正记得，他插在兜里的手真的拔了出来……没有手枪，是一个橘子——很多年后，参加那次聚会的朋友还记得这个橘子，我捏了它一路，以至橘子都有点开始变形了。他们开玩笑说，干脆吃了吧，让我们帮你现场看看，到底有没有迷药？

"你是从哪儿来的？"他问我。

"中国。"无论如何,这可能是我还能流利回答的一个问题了。

"我爱中国。"意料不到的这句话,一瞬间拉近了我们的距离。

(后来我才醒悟,如果我说我是从日本、印度、秘鲁……他一定也会说"我爱日本、印度、秘鲁……"的)

更有甚者,某种俗气的"套路",让我顿时恢复了托福班"英语情境对话"的本能,啊,中国:"Have you been to China?"(你去过中国?)

"没有,但我想去……"黑朋友呆滞的面孔上滑过一丝羞涩,很快,又恢复了那种晦暗的表情,和他身后的夜空类似。

"I am just tired of this country."(我已经厌倦了这个国家)

没头没脑,好多年以后,我还在琢磨他这句话的含义。当时太过紧张,竟然记不得准确的细节,更不用说问他个人的情况。现在回忆起来,身后的露台该是他的家吧?他是失业在家吗?在这寒冷的夜晚,节日庆贺到来的前夕,他为什么徘徊在家的门口?随着在美国生活日久,我慢慢熟悉和理解了那个社会里另外一部分人的生活状态,那些在家门口百无聊赖地逡巡的身影的背后,并不是像外来者所习惯读解的那般光鲜靓丽——抛开美国依旧尖锐的种族矛盾，这里面也有人生所摆脱不掉的、惊险和庸常的变奏，两种感受可能是面对面的：我，一个异乡人，完全不熟悉异国的夜晚，感受到的是广大的黑暗，莫名的危险；而他，似乎已在一个无望的境地里浸泡日久，只渴望着从里面走出来，走得越远越好——假如他还有这种选择的机遇的话。

其实，撩开温情的面纱，回忆起故乡的"年"来不也是如此？每每在过年的时候，都是两种情绪的混合：满满的热意，掺和着一年到头的萧瑟和倦怠。假如炉膛已经冷却，孩子们会感到索然无味，但笑语喧哗的"大人"们脑海中的，却可能是赶紧结束这一切……我至今也不能理解酒桌上的迎来送往，随着杯盏散发的廉价的"人情"，就像被父母没收了的"压岁钱"，从一个孩子手中原封不动地到了另一个手中，换来的是酒醒后的头痛和失落。在美国过年固然冷清，却不啻是从这种境遇中的出走和超脱，可是同时，面对面地，你会碰到另一个相向而行的自己：无奈，孤独，恐惧。

优美的思乡曲，注定是在一个人的寂静和沉思中写下的。不管如何眷恋繁华和温暖，每个人最终都必须过渡到这"一个人"的境地，他心中会发慌不？会的，但是最终，他将成长了。

这，或许也就是卡尔·荣格所说的："……若你理解黑暗，它就会临到你头上，就像夜晚有蓝色的影子和闪烁的无数星星。当

3-1 纽约曼哈顿中城一套普通住宅的室内

你开始理解黑暗，沉默与和平就会来到你头上。只有那不理解黑暗的人才会恐惧夜晚。通过理解你内在的黑暗、夜晚、玄秘，你会变得简单。"

小小的惊喜也就在那次郊外的"意外"中，这"意外"甚至还有一样"纪念品"——我走过漫长的回到火车站的路，路灯下，忽然在路边看到什么东西丢在那里。我虽已走过了，还是忍不住又回头，走十几米，拾到一只不知哪个孩子丢下的玩具小鹿，普普通通的在便利店里都可以买到的小玩具：棕褐色的毛绒，黄色的鹿角，红绿圣诞色的"领带"，卡通无辜的表情。如果不是我将它拾起，很快它就该沾满灰尘，流落到某个垃圾堆里去了。

我还记得那个黑人和我说的最后一句话：

拿着橘子，今天是新年。

别处谈吃

谈"吃"好像是个永恒的话题,也是个门槛极低的话题,凭谁都可以白活上一阵,而且雅人俗人皆有所取,子夏曰:"虽小道,必有可观者焉",这通俗而永恒的小道,让许多大人物、名人锲而不舍,写手、作家欲罢不能——大多人谈得兴致勃勃的时候,怕是终于省略了后面的关键词:"致远恐泥"和"君子不为"。

因为胃、心和嘴的冲突比较严重的缘故,海外华人好像尤其愿意在这个题目上走得远一些,把它上升到民族大义和人生选择的高度。先不必说成天在BBS讨论组上吵得天翻地覆的留学生们(他们常爱抱怨美国大街上的餐馆——纽约和加州除外——还不如他们家门口的大排档),那些多少有点"文化"的学者们早就给这种基本需要定了调。考古学家、哈佛著名的华人学者张光直先生就怀着极大的热情编过一本《中国文化中的食物》(*Food in Chinese Culture: Anthropological and Historical Perspective*)——记得他曾经提到不同文化分类的不对称现象,就如同西餐本无中餐的"主食""副食"之分——被他拉来参撰的不乏余英时这样的著名学者。

虽然这本书并不能算是张先生的代表作,但它却是一本别致的书,因为它用人类学的大刀来砍斫砧板上的脍鲤,用钟鼎重器盛起了一点微薄的乡愁。

我谈吃的本事离大师们还差得很远,这自然是我"吃"的功夫不够精深不够博大的缘故。不过,我也按捺不住地想要谈吃,确切地说,是海外中国人普通的"吃",因为我实在是在海外才懂得了"吃",懂得了生物性的本能是如何因此沾染上了人生遭际的色彩。

在国内基本吃食堂长大,父母单位的食堂、中学大学的食堂……从来就没有认真想过那些食物都是从哪儿"变"出来的。赴美前,惜别了琳琅满目的北大食堂;它虽然和餐馆的水平比起来还是差那么一截,可是,到了一切要自己动手操作的时候,即使这油腻的"食堂味儿"也变得可望而不可求了——不说别的,就是那简简单单的油饼薄脆加小米粥,就时常在梦里梦见,在早晨皱着眉头啃汉堡时禁不住想念,真可谓"别时容易见时难"。

我至今依然还记得第一次踏出国门外那几天的"吃"。

经历了最初的兴奋,对我这个连飞机也基本没坐过的土包子,时差是个前所未见的考验,一时间胃口奇差。上家门口的超市里逛了几圈,才发现极为现实的问题摆在我面前——天可怜见,从此肚皮就要靠自力更生了。那时能买到中国货的超市不总是近在眼前（当然，这几年大不相同了，随着 Made in China 席卷世界，大城市就是连沃尔玛这样的美国店也摆上了"老干妈"）。计算购物清单的时候忽然醒悟到的，不仅是再也买不到竹笋鲈鱼的惆怅，而且是这文化的"味儿"实在是个系统工程，不要说珠江酱油镇江香醋，就是炒菜的食用油，往往也饱含着伴你长大的特殊感觉，一旦离开了一两样关键的调料，尝起来就怎么都不对味儿。

至今还记得我在外国的第一顿饭——要知道那可是上世纪的 90 年代。在家门口的超市里，我第一次看到了装在大罐子中而不是小油瓶里的食用油，意识到玉米也可以用来榨油炒菜，便宜倒是真便宜。虽然现在已经都习惯了，当时却觉得那油里有种怪怪的味道，也许是由容器产生的联想，老觉得那罐子里的是工厂的润滑油，一点都没有小时候菜油（还有让老美们瞠目的猪油！）炒菜的那个香味，而且仿佛永远也炒不熟菜。

吃的东西自然也不一样了。大多数"青菜"，有叶子的，没叶子的，基本上都不认识——人家本来都是"色拉菜"，不是用来蚝油炒菜心的。下锅的主料有些认识，但也开了眼界更新了认识，比如，我第一次见到了一种圆圆胖胖的小白蘑菇，现在国内也有了这个品种，据说还卖得挺贵，但我一点都不觉得好吃，嚼起来就像是在品味纸板。国内有的，也是我爱吃的那种，叫"平菇"，他们叫作"牡蛎菇"（oyster mushroom），在这里也有，但是洗得干干净净的，不再是躺在菜场里竹篮子里，而是摆出了各种花样。

显然，在这里改了造型的蘑菇们也变了身价，不，简直就是卖出了天价，定位绝非一般的好肉可以比拟。

在吃的问题上更深刻的一轮"文化冲击"，是那种随做随吃烹饪的模式实在不适合海外讨生活的人。在口腹之欲这方面，现代生活未必提高了普通人的水准，因为它讲究的是大批量甚至海量处理的效率——想想我母亲，那把土豆、莴笋，乃至茄子都仔细地手工切丝的劲儿，在这绝对是种奢侈，因为美国上班族家里做一顿没准得管一星期，因此土鲜货色的农家市场（farmers' market）只能是偶尔一见，红白肉类更是只有大批量购入冰冻起来了，穷学生哪敢想象高档"健康"的食品超市像"Whole Foods"的新鲜。为了这种做一顿管一周的懒人生活，很多菜第一次趁新鲜味道尚可，但是到了第二顿第三顿，就极度令人生厌。

——当学生那会，我曾经试着将自己的胃口批量化"生产"，提高效率，比如每餐只吃洗干净的生菜叶子，搭着用便宜鸡腿鸡翅做成的卤菜，用的是重庆产的地道调料"自家卤"。其实，要是调配合适火候得当，初试味道倒还将就，有点国内卤菜档里买回来的感觉，荤素搭配放在套装的食盒里，俨然也有些"套餐"的感觉。可不大变样的招牌菜连续吃了一个星期后，突然有一餐，有一刻极度恶心起来……于是，赶紧将剩下的存货全数倒掉。这次的经历害得我直到现在还是对鸡肉恢复不了感觉。

4-1 冬月里,芝加哥大学校园附近 57 街上热门的 Rib Bibs 餐馆(Marc Monaghan 摄)

4-2 哈佛广场附近著名的中餐馆"燕京",今天已经歇业

新鲜食材，本身是谈吃的头等条件，这导致海外的家庭厨房几无做出好菜的条件。冰柜鱼，速冻虾，从冒着白气的冷冻室里拿出来的时候，已经是凸着眼睛僵着身体，更不要说它们活着的时候可能吃了多少"拔苗助长"的玩意儿；大多数吃了无数鸡肉汉堡的美国人可能一辈子都没有见过一只活鸡。据说，在机械化养鸡（我们小时候，那可是"四个现代化"的标准图景）黑暗不见天日的养鸡场里，空间极度集约，有的鸡的爪子都长在了笼子上，这样"精神错乱"的鸡怎么可能有细嫩的口感？难怪讲究的美国人连名牌大厂都信不过，都驱车去小农场寻觅"真正"的牛奶牛肉了。我等纵然没有那个条件，随做随吃的观念还是渐渐形成了，做精一点，少做一点，别让腾腾的油烟，在就餐前就毁了自己的胃口。

——当然，最好的，还是别人做，自己吃。

有了点钱的时候，我于是成了远庖厨的君子。

从工作地点的餐馆开始，逐渐延伸到欧美诸国，从自己一咬牙打打牙祭，到"蹭"各种档次的酒席宴请，渐渐也算是吃遍了世界各地的餐馆，大多数还是中国或亚洲味儿的。幸运的是，我所居住的总算不是穷乡僻壤，这类选择多到令我还可对中国餐馆的质量评头论足，而不是有一家就心满意足了。

外卖店（take out）是一种最基本的海外"中国菜"，随着合法或非法的中国移民，它们最终走遍了全球。左宗（棠）鸡、芥蓝牛（肉），常被老外津津乐道或是恶言相讥的，也是这一种餐馆的标准菜谱，最初以价格出奇便宜而在美国生存下来并且站稳脚跟。它大多数时候的味道令人苦笑——要知道，能把中国菜做成这样难吃也着实不易，若不留神，你要看见他们后厨的操作更要大开眼界，或者大倒胃口。于是，改良菜（fusion cuisine）应运而生，像几个加州美籍华人始创的 P. F. Chang's（中文名"华馆"），就算是其中的一种新派中国菜或亚洲菜，它的基本食材和做法是东方式样的，但是上菜服务的方式则是西餐馆的做派，食谱不求地道但求有趣，因为连锁而且店大，经营管理的质量无可挑剔。也许，可以杀杀那些看不上外卖店小厨房，但又喜欢寻求些周末"野趣"的外国人的馋虫。

这样的中国餐顺带发明了许多海外才有的中国食谱，乃至各种花样的小道具，比如一水黄色红字的店招，比如中国餐馆独创的纸质外卖餐盒，通常白底红线，画着类似早期欧洲人笔下"中国风"（Chinoiserie）的宝塔和风景，里面有张预测你最近好事的幸运签语饼（fortune cookie），等等……这样的中国外卖店逐渐融入了真正的西方生活，它们已经不在乎什么原味和创新的界限，厨子是墨西哥人还是广东、福建移民也不打紧，在那里的"扬州炒饭"其实和扬州已经彻头彻尾地没什么关系了，"星洲米粉"也不可能在新加坡本地买到。

是不是"海外中餐"就此成了一个有点苦涩的笑话呢？

也不是，因为大城市的"高端"中国餐馆得讲另一个故事。以美东地区而言，波士顿、纽约、费城这一线散布着百万计的华人人口，大陆、港台，近年来人数愈发相仿，自然也有地道馆子。这些餐馆的早期经营者是台湾人或是广东移民，在那时候，唐人街的菜式质量尚有浓厚的"域外求生"的痕迹，后来纷纷换了大陆厨师（从此国人多了一种海外谋生的出路），做出非常接近"原版"的中国菜，有些甚至可能青出于蓝。尤其是留学交往愈发密切的近几年，留学生的社交网络里不断地流传着类似"哇，'粥之家'的艇仔粥和我在广州喝到的一模一样耶！""法拉盛（纽约新的华人区）的地下超市可以买到陕西凉皮和肉夹馍了！"的惊呼。

（"据不可靠的消息"，张艺谋剧组在纽约演出歌剧《秦始皇》的时候一下订购了数百个这里的肉夹馍，但是我只吃了一个，就拉了两天的肚子……就是这家不起眼的排挡，现在已经堂而皇之地入驻曼哈顿中城了，成了《纽约时报》追踪中国新移民潮的风向标）。

这种"他乡遇故知"的惊喜有时是非常戏剧性的。还在麻省剑桥上学时，有一次和身为四川人的岳父母漫游至一个靠近布鲁克莱恩（Brookline）的小馆子，外表看来和一般的外卖店别无二致，店面装修着实一般，门脸儿也不大，服务员瞧着也不声不响，却祭出一道"橘红牛肉"的别致菜来。岳父母一尝之下，哇，麻辣鲜香，还以为是做大厨的重庆外婶儿来了波士顿呢。惊艳之余问询，厨师出来和我们聊天，却是一个说得一口地道北京话的大老爷们，一问，才知道眼前这位竟然是北京饭店的前厨子，难怪手艺高妙如斯。不过显然这位大厨也嫌庙小，不多久再去时他已经携着绿卡别处高就了。

如此惊喜的邂逅毕竟是少数的，大多数时候，海外华人的胃口就像他们的人生境遇一样欠满足。我等"出门"去即是一种寻找，带着无限的憧憬，但是出得门去才知道，自己也不过是在有限的选择中决定自己的去路，就像偶然吃一顿还过得去的酒饭，在惯常的单调里只能找到小小的奢侈。

这样一来的感受是两面的：首先，是很难真的寻回隆福寺夫子庙西门町……人头攒动的感觉了，海外的这些个中国馆子充其量只能算是不幸肚皮的万幸，由于总体客流量的关系，西方国家里再热闹的一家中国餐馆，也不敢完全抛下老外的"主流"吃法（左宗鸡，芥蓝牛），铺开百十个只有中国人才会问津的冷门菜肴；大多数时候，他们只能是为上门来专觅家乡口味的国人另设一份"小众"的中文菜谱——不光是菜名写着中文，做法也已是给"自己人"的了，如此"保险"的菜谱，我等在国外住了十年的人都已翻过来倒过去地吃了好几遍了；其次，它又使得每周一次的下馆子变得难能可贵：不用自己动手，在五天的劳顿后坐享一顿还算对胃口的大餐，冰水清心，热茶暖胃，连带着饭的本身也滋味鲜美了。

更主要的是，这还是工作环境以外你难能可贵地和一群人相处一室互不相扰的公共场合，国外的餐馆是甚少"雅座"的，就餐环境既没国内寻常饭馆那么吵闹，也有一份国内高档包间所没有的安逸，这种安逸连接着餐馆外广大的寻常生活，宁静、沉默。

吃完之后，总是照例怀念一番……

后来去了欧洲，才知道自己实在是被"惯"坏了。在我去过的，或是有所耳闻的欧洲大城市之中，大概也就是柏林、巴黎、伦敦的中国吃食算是强一点，谈起其余地方，如果能把大众化的广东菜做得传神形似，也就差强人意了。相形之下，纽约、旧金山、多伦多的唐人街简直是海外华人的天堂，但那又如何呢？其实想想，人对于"吃"的强烈需求后面到底是什么？是对生物性的根源的依赖，还是无端拔高了的亲情和自我？在满足和不满足之间，又是什么驱动着人们食指大动，或是孜孜不倦地画饼充饥？

得到解答还是十年前的一个风雪之夜了，在赫尔辛基稀稀落落的大街上，我打车去找一家能让我恢复状态的亚洲餐馆，漫天白雪之中，我向芬兰司机问起他对这个问题的看法，谁知道他开怀大笑起来：

在我们这儿（北欧国家），餐馆的税高极了，人们一年中下不了几次馆子，你要去得少了，味道自然就好啦！

凉薄的异国

写下这个题目时已经是面对着灰沉沉的天空了，在 PM2.5 爆表的北京回忆起十五年前的过去就好像是做梦一样，梦境就像眼前的城市一样不清晰。不同的是，曾经熟悉的感受却是挥之不去的，它提醒我，此梦非彼梦，就是笼统的心理情境也是有温度的差别的。

特定的感受有关另一个世界里的"气候"。

十五年前刚刚出国的时候，印象最深刻，感受也最直接的一点就是北美截然不同的物候——还有什么，能够如此直接地将一种梦境和另一种区分开来呢？当然，不同的城市是不一样的，不同的天气更是随着时间千变万化，但是总体而言，在中国灰蒙蒙的阴天好像总要多一些，出国前的记忆像是富士胶卷，带着一点阴郁的青绿调子。而这里大多数时候都是阳光澄澈的，可以搭配上柯达，或是 AGFA，一种现在已经在国内销声匿迹的德国品牌，适于表现金色棕黄的暮色。最美的是"天高云淡"的秋日，去郊外青山上远足望见的风景，百里也如眼前，真真就像电影里的一样。

可是不知为何，我印象最深刻的还是北美的"冷"，似乎只有这些才能构成异国情调的核心部分。即使是最酷热的夏日现在想起来也有点"酷"（cool）。这也许是凑巧，我待过的几个城市，芝加哥、波士顿、纽约，实际温度确实不高——据说世界上大多数的城市文明都落脚在北纬37度的上下。也许是高纬度地方早晚的温差有点大，也许是郊区住处的树荫往往吸收了多余的日光热量，总之一年之中酷热的日子不算多，天看上去实际很低，厚重、大块的云朵，空气"凉薄"。

与这种凉薄联系在一起的是说不清楚的清冷的寂静，这已经更像是一种心理的社会的"温度"。这里的大城市和乡村仿佛是用糨糊强行粘贴在一起的，从文明中心的闹市移动到人迹罕至的城郊，并不需要花上很多时间，如此的转换就好像是掉进了另外一个世界。方圆数英里之外，不一定有多少人烟；即使在城市之中，也不少见因为种种原因衰落下去。漂亮却乏人气的广大无人地带，是十九二十世纪的那些"花园城市"梦想的遗产，如今这些一厢情愿的投资计划破产了，曾经的花园都是冷酷现实的墓园。

刚刚从居委会小脚侦缉队的注视中逃离，一开始我还欣赏这种似乎难得的寂静，但是很快，一种强烈的孤独感慢慢在这种寂

凉薄的异国

静里滋长出来……在这里，你和世界之间只有一根电脑网线，一个电话号码，一部随时可能电池用光的手机——对这种脆弱的感性和理性的联系，你需要格外小心照料，遵从逻辑。胆敢蔑视它的后果，是我这中国小城市长大的人所不熟悉的：在还没有普及GPS的多年前，有好几次，我只是凭着模糊的印象出了门上了路，结果，根本无法在极为相似的高速公路两旁找到自己要去的地方，转了一圈，一圈，再也找不到出路，甚至也很难找到一个不是呼啸而过的人问询……同样美丽的风景，地名都是差不太多，道路固然四通八达，但是在有限的时间内独自找到想到的去处，不靠地图，只凭经验，在茫茫黑暗中真是个大问题了。

不知道还有多少人和我一样，有过在异国的黑夜中独自漫步的类似经历。那是一些星光黯淡的夜晚，无边无际的大地，现在回忆起来，也时常自问是不是想岔了时间，还是把梦魇中的某些时刻错认成了现实？

无论如何，这茫茫的天地间怎么会没有灯光呢。我还记得那些美国乡村的小路，在白天它们是那般的显眼，可是在晚上居然什么都看不到了——大概一般人都有些经验，在弱光下人的眼睛需要习惯几分钟时间，慢慢地你就会辨别出眼前的一切了，可是，我面前的黑暗是如此广大，走了多远，居然也久久不能散去，正像英文里说的那样，"pitch black"——它们像一团沥青糊在你的眼前，以至于每一步都是那么的如履薄冰，因为你已不在热腾腾的日常"路"上，不属于人造自然的安全秩序，你是在无数的陷阱、起伏、坑洼的中间，以少得可怜的一点信息在向前挪动着，虽然你的面前并不一定是万丈深渊，可是那惶惑的感觉同"盲人骑瞎马，夜半临深池"没有什么两样，即使是百来米的路程，也足以惊心动魄了。

这恰恰是我在近距离上观察异国的一些感受——在这样的夜晚，人心不是城市里无聊意急的大团，但也绝不是高高在上抽象的星辰，而是弥漫在山野中的空气，无边无际的厚重、诡谲、黏滞的暗物质。我曾经告诉过几个朋友，无论夜与昼，其实都是相对的，太阳之光明已经超过了人眼直视的能力，太遥远不必讨论了，反过来，人的世界却可以幽晦直入深渊，因为每个人的心思、心绪、心机都可能是这深渊的一部分。美国的大城市一度直抵人们所熟悉的物质世界的高潮，可是美国清教徒的乡村也许更能代表西方文明的另一种坚守：广大、阴暗、幽晦、孤独。这样的现实也是各种恐怖片能够流行的基础，法律和理智都在保障你的独居，但这里并没有理性一般的坚实樊篱的护卫，鬼魅和幽灵会随时打扰你。

我常好奇，那些喜食生冷、屋宇闲静、却反复强调他们热爱生活的人们，他们如何能够在这阴影中的室内活下去？

即使城市中也未见得更好。除去那些欢快的表面，大城市都不乏衰败的后巷、阴暗的室内和天然发育不良的街区，它们同样

凉薄的异国

5-1 哈德逊河畔哈斯廷（Hastings-on-Hudson）的一个空宴会厅

5-2 美国康涅狄格州社区海滨

需要坚强的神经去默默地承受。我待过很长时间的波士顿就是这么一个地方，虽然号称美国的大都市，街上却没有亚洲城市习见的人潮，哈佛大学和麻省理工学院所在的大学城剑桥市（Cambridge）更是一个空心的文明岛。在那里，流水般的临时居民来去太匆匆，而那些有能力改变这里的高等人类——名教授、银行家、精英文化人、高级白领，大多住在寂静的乡下，也不吝惜城市中心高昂的停车费用，因为他们脚不点地的生活方式，他们对自己偶然才会涉足的城市环境却又是漠不关心的。

在那里的岁月，我所感受的城市气候的一个关键词好像就是：冷。

除了东北部漫长而寒凉的夏季，波士顿的寒春和严冬也是非常特别的，它好像是我在中国待过的几个不同气候区的集大成者。也许是因为靠近大西洋的缘故，那里冬月温度变化时不仅下雪，同时也下使人生畏的冻雨，一场带点诗意的雪世界，很快就被转瞬而至的冷雨浇得湿透，冻得冰凉。在这样不甚如意的转换中，厚厚的积雪很快融化成满大街的积水，流淌满地，浸湿了毫无保护的脚底，连带心也空洞洞地冰冷……有时，奇怪的，毫无道理的天气恰恰赶在繁忙的工作日里，让被各种最后期限搞得毫无准备的人们进退失据。毕竟，不是所有的人都有名教授、银行家、精英文化人、高级白领……因钱包鼓鼓而备的雍容，就算你有备换的鞋袜，要在不长不短的距离上步行过好几条街也不是件容易的事，要走很长的路才能到有热气的地方,进了门,才感到人间的存在。

无论城市的过客出身多么迥异,无论他途经了多少嘈杂与纷乱,大多数美国人最初的生长环境和最终的归宿是类似的:绿荫下的阴影里一幢白色的乡村小屋,一个独自坐在床上的人,就像爱德华·霍柏(Edward Hopper)《早晨的阳光》中的主人公一样,茫然地注视着窗外一无所有的天空;在室外的草坪上,他的妈妈大声叫喊着什么,但他们离得太远,他听不见……这是一个建筑在农业社会的空间关系上的现代文明,它欢快却平静,它充实,但是从未懂得什么叫拥挤。

西方人像是天生就有抗拒这种人世凉薄的能力。罗伯特·索莫(Robert Somol)和萨拉·怀汀(Sarah Whiting)引用美国电影演员罗伯特·米彻姆(Robert Mitchum)和罗伯特·德·尼罗(Robert De Niro)的表演风格,说明"热"和"酷"的区别与联系。加热是各种期许沸腾搅拌的进程,冷却却带来理智和感性的分离。就像多普勒效应一样,波源和观察者远离时,驶去的火车鸣笛声从尖细逐渐变得低沉(频率降低,波长变长),这是"酷"的效应;而"热"却是差异中的抗拒被诱发和增强,"酷"似乎是放松和自在的,一切界限分明,但那发生在"热"之后,对一个不习惯寂寞和自持的人来说,它隐含着相当的困难、艰辛、劳役和复杂。

不知有多少我的同胞,自觉自愿地同样经历了这些困难、艰辛、劳役和复杂，去换取他们也许并不欣赏的那片异国的寂静？

就这样，在北半球高纬度的城市住了许久，很久没有长时间地停留于南方了，也很久不曾在中国体验季候的转换。因为江南的雨季和冬寒都曾经给我留下过太过不美好的回忆，异国的北方曾经对我来说反而是温暖的。但如今，我对于那种热燥却缺乏新鲜空气的冬季室内似乎已经厌倦，所以偶然回到成长过的地方时，陡然生发出了一种亲切感。北美深秋入冬的风实在是过于严酷了，漫漫长夜的呼啸使人着实心悸。相形之下，无论是上海、香港、广州还是苏州的嘈杂街道——满满的人流，触目可见的、稠密不成行列的绿色——反倒显出一种使人缱绻的、浓浓的生机。对我而言，琐碎而庸常的生活本是一种不能承受的累，但是，如今我和这一切关系毕竟不大了，而正是在闹市街衢中偶然闪现出的一袭清隽的身影，正是听惯了粗声大气后再次听到悄言说出的吴侬软语，不能不使人感到怦然心动……

有一次忽然回到香港工作小停，隔着摩天大楼整扇的大玻璃窗户——绝对隔音但又绝对透明，使你"入画"——从下望去，我忽然体会了别人评论纽约的那种情境，当你有足够的幸运不用总是直面苦恼人生，在三四十层的高度上，这些可望而不可即的俗世的嚣扰现在重又是种音乐了。

在寂静里反观热闹的来处，那种感觉让人感到解脱而温暖。

图书馆之死

芝加哥大学的图书馆是值得一提的。后来成为建筑师的迈克尔·索金津津乐道地说,在图书馆的日子是他本科阶段最幸福的时光——他说的是大学始建时留下的哈珀图书馆(Harper Memorial Library)。他应该还记得这里宽大阅览室橡木桌面上讲究的阅读灯,在高高的飞扶壁支持的灰色穹顶笼罩的广大空间里,它们是一小片一小片异常温暖的光的小岛……那情形好像人们不是来这里查找资料,而是来参加哈利·波特的集会。

现在这座图书馆主要给本科生使用,来读研究生的中国学生和它打照面的不多。但当年使用过这座图书馆的不乏中国名人,穆旦(查良铮)、杨振宁(他的父亲当年也是这里的常客)和李政道、余英时……更不要说中国早期的几位图书馆学博士都是芝大的毕业生。作为研究性大学的芝加哥大学对图书馆确实情有独钟,它的地盘本有限,但建校近百年,它决定要盖一座全校最大的建筑物的时候,这座建筑物毫无悬念地是一座新图书馆——盖成的时候,约瑟夫·雷根斯坦图书馆(Joseph Regenstein Library)也是美国最大的大学图书馆,当地报纸介绍说:"……这是一座把大学(最大)的足球场拆掉盖图书馆的大学。"——要知道对于美国很多大学生来说,体育明星的魅力可是远远超过诺贝尔奖得主。

我对芝大包括哈珀、雷根斯坦在内的图书馆倒是都很熟悉,原因是我借的书遍布学校的主要图书馆。刚到美国留学的时候,这里的借阅制度和国内的差距很大,差不多所有图书都是开架阅览自由借阅的,愿拿哪本全凭你乐意,看不完还可以借回家去接着看,只要没有人"召回"(recall)就可以一直保存,上限一年才需要拿回图书馆续借——突然发现背后没有任何一个管理员大妈身影的时候,我就像一个闯入宝山的贪心汉,每次总是跌跌撞撞地抱着一大摞各式各样的书从书库回来,实际上又看不了那么多。那时还没有汽车,每逢续借的时候,就只能用小推车吃力地推着几乎比我还高的书雨雪泥泞地过去,看上去甚是狼狈。有一次正好碰到我的系主任,目睹此情此景,他笑眯眯地向我打招呼,从此还时不时借他的私人藏书给我,也许是奖励我表面上喷薄的求知欲吧。

当时也觉得有点好笑,自己这是抽的哪门子疯呢?坐拥一个私人图书馆的梦想现在也算实现了,可坐在好几排实木大书架面前的时候,不知为何,我的目光反而常常扫过这些我曾经梦寐以求的书,往窗子外面看了。人到中年,突然,发现"读书"其实只能解决读书的问题,它并不能帮我们应对真实人生的烦忧,至多只是帮我们建立起一套自欺欺人的"信念",而一旦迫切的烦忧来袭，这些"信念"就像钻进意识中的小虫，不能帮你舒纾反而让人头疼了——每到这时我就会时不时地想起芝加哥大学的毕业生、诗人穆旦晚年的诗篇《智慧之歌》：

> 我已走到了幻想底尽头，
> 这是一片落叶飘零的树林，
> 每一片叶子标记着一种欢喜，
> 现在都枯黄地堆积在内心。
> ……

我不知道自己是否也过早地走到了"幻想底尽头"，但金黄的智慧之叶确实是秋天的颜色，它留有上个季节火热的烙印，虽然美丽依然，却已失却了生命最初的鹅黄嫩绿，是走向衰亡的症候——不知为什么，我常把这些落叶和我在大学图书馆中看到的那些古老的书页联系在一起，几乎只要用手捻一捻，就知道它们各自的出品日期，转而有不同时代的怀想——那时的人对于"书"的执念就好像现在琢磨 iPad 这些东西一样，除了几乎是艺术品一样精工细作的用纸、装订，还有倒回头看很新潮的图形设计。和国内把大多老书放入藏本书库的做法不同，这里很多书都有一二百年的历史了，出于充分使用的考虑，并没有采取什么限制性的措施。有时仅仅是偶然看到这些不同寻常的书，摩挲下考究的装帧，就有一种将它们借回去赏玩的冲动。

但是研读这些枯萎的书页却并不像翻看它们那样乐趣盎然。幽深晦暗的思想闻起来就像积满陈年腐叶的森林（它们曾经也是生命啊），每日读了大半天古书和理论后，我最终感到的只有——头疼，我觉得那和书页里散发出的气味有关。这大概是我最终放弃艺术史专业博士学习的原因之一。我下意识地觉得，那也就是穆旦在他的诗歌中预言的，如果将来"唯有一棵智慧之树不凋"，它一定是"以我的苦汁为营养"。

也许这仅仅是一种心理潜层的迷信？有一年夏天，我坐在芝加哥艺术学院博物馆同样暗无天日的阁楼里，一边整理索奈斯钦夫妇（Edward and Louise B. Sonnenschein）的中国收藏，一边怀疑玉器缝隙里的汞化物没有清理干净，因此对我的头脑造成了伤害。图书馆给人的这种暗示总是有的，尤其是那座只能埋在书库深处阅读的雷根斯坦图书馆更是如此，当一天紧张的工作结束后步出大门，见到光的一刹那通常是头晕目眩，同时在瞬间怀疑已经度过的一天的意义。人们传说图书馆的西边就是物理学家费米1942年建起世界上第一座核反应堆的地方，当时这里是运动场看台下的一座壁球馆。自从校园里有了这威力无比的玩意儿之后，怪人频出，成就非凡的同时估计正常心智也受到了不易估量的损伤。

把运动场和反应堆都踩在脚下的雷根斯坦图书馆是一座威严的"新哥特式"堡垒。建筑师声称它冷酷粗野的混凝土外挂板是回应校园的经院风格，狭窄的长条窗则是为了保护里面的图书不受阳光暴晒。谣言则说，图书馆遮掩得这么密实，是因为里面有个惊天的大秘密，地下深处埋藏着"曼哈顿工程"以来的核废料，40年来每个在这里苦熬论文的学生都成了残余放射线的牺牲品。我不知道我自己的头痛是否和这件事有直接关系，但是我的学友中先后有好几位莫名其妙地英年早逝，却是个蹊跷的事实——也许谣言终究是个谣言，但图书馆的威力确实是在那里的，在图书馆中成为"学者"的道路是一条使人望而生畏的漫漫之路，它绝不是冬日午后沏一杯清茶，在膝头轻拂书页那般轻松；它是一座幽暗而泥泞的森林，在林中漫步并没有通常所想象的那样浪漫。

和雷根斯坦比起来，老式的哈珀图书馆阅览大厅的大部分体积都不可使用，视线以上的高空间不是留给肉体，而是留给心灵的——它因此看起来更像一座教堂。而雷根斯坦图书馆的设计师瓦尔特·尼采（Walter Netsch）说——他那时的——当代图书馆应当是一座实事求是的知识的宝库，这样结结实实的宝库不应该有个刻意的门脸儿或是别的什么先入的秩序，像古典建筑常有的大门厅、轴线、各部分之间的反差和对比；相反，它可以由一系列的"基本型条"（basic slip form）交错着展开，这样，按照他的场域理论（field theory），宝库就可以自由地向四方延展了，它的各部分之间并没什么轻重区别，以便适应将来扩展的需要。尼采设计最直接的后果就是导致了书库成了图书馆的主角，而其他传统图书馆中人性化的部分：阅览室、借书处、接待室……不过是可有可无的配角。现在这些空间也都或多或少地列着大排的书架，旁边放几张桌子就可以就近坐下来学习了,人们坐在这些书架旁阅读并不比坐在书库里更舒适,反正两者都没什么机会看到外面的世界。

无论是教堂或是宝库,都离不开芝加哥大学的教育思想。工商巨子洛克菲勒1891年创立这所大学的时候,它还是一所填补空白的大学,它为芝加哥市带来了起码的"文化"。可是,40年之后,它和这座城市的关系慢慢变得疏远了,这实际上是一个经意的选择:到底是要一所能深入这座蓬勃崛起的大都会生活的本地大学,还是一所能和业已有数百年历史的学府比肩的尖端机构?很显然,大学的奠基者们选择了后者。更有甚者,它选择达到这一目标的方式是主动将自己封闭起来,成为剑桥大学那样不折不扣的"学术修道院"——连它们的建筑风格也都神奇地趋于一致了。

芝加哥大学新老图书馆的共同之处就在于它们维系了中世纪寺庙的标准形象,滴水不漏的厚实立面围合成莫测高深的天地,和外界仅有最基本的联络,同时严实地把守住了自己的边界。其实"哥特式建筑"的外表徒然是种假象,它是石油大王的金钱动力遵照"学术修道院"的标准像,用钢筋混凝土搭起来的舞台布景;但是现在常青藤已经密密地爬满图书馆的水泥墙,诺贝尔奖得主也像蘑菇一样一茬茬地从庭院里长出,没有人再计较这修道院的真实来历了。

有一位美国学者告诉我,美国只有两类大学:芝加哥大学,和"其他大学"。这不仅是一所研究性的大学,在大学推广所

6-1 哈珀图书馆今(左)昔(右)之别

6-2 建筑师尼采向当时学校的负责人展示新的雷根斯坦图书馆设计方案的效果图

6-3 雷根斯坦图书馆的设计方案效果渲染图

6-4 在老的校园中心以北的体育场最终变成了雷根斯坦图书馆

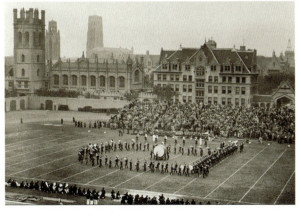

谓"共同核心课程"方面，它比一般所谓通识教育还要走得远得多。永恒主义（perennialism）的教育并不相信自己要成为生活的模仿，至多只是生活的准备，因此在这里教授的东西是和专门化的培训一点关系都没有的。推广"核心课程"的芝大著名校长哈钦斯（Robert Maynard Hutchins）恰恰是在大萧条的前夜做出他影响深远的决定的，当领救济的队伍排得很长的时候，学生们依然在讨论色诺芬的《希腊史》——当然，那个时代上得起大学的学生大多数人并不为面包发愁。学术上的精英主义，就像芝加哥学派的经济学、政治学实践一样，也许给人阳春白雪的印象，但他们并不就此觉得自己是脱离实际。

至今想起来，芝加哥大学的学术气氛还是很珍贵的。诸如雷根斯坦那样地方的有趣之处，在于你完全可以在其中待上整整一天，在智识的海洋中遨游而"无论魏晋"。冬日的图书馆偶然也有阳光杀进来，但它照亮的是内心，不是外在：换一本书，再换另一本书……生活在这里是绝对静止的。图书馆的管理者恐怕也意识到这一点，企图在阴暗的室内创造出一种欢快的气氛：冰冷的，甚至是有点简陋的水泥地板上，铺着 60 年代常见的橘黄—墨绿色的地毯。

这种生活的合理性同时也基于室外的严酷。芝加哥"风城"的外号使人差点忘却了它最显著的特征：严寒，大雪埋没到膝盖以上，外面伸手不见五指的冬日，你只有读书了——这里的条件至少比大多数人的住处要好，饮水机、网络、"懒汉沙发"、艺术图书室的画册……到了每天结束的时候，地下室的小餐吧甚至有免费的硬面包圈可以领——如果你终究能找到办法离开和到达图书馆的话——事实上，大学确实也有全美最发达的校车系统，可以在深夜把你脚不沾地送回治安不好的住区。

在设计新的图书馆的时候，大学明确地提出，一切不是为了取悦学生团体而是鼓励学术研究。校方一直不鼓励招收那些总是傻乐的本科生，似乎是因为这些小年轻对于研究既不能领悟，也缺乏足够的兴趣，他们的存在反而把研究型大学的水"搅浑"了。因此大学里常是一些成熟而严肃的面孔，不用鞭策，他们也会在图书馆里工作到深夜，校方甚至考虑过要不要开通宵图书馆。

就在这个时候，第一次，在图书馆中发生了真正的死亡。我的同学造访雷根斯坦五层书库最深处的厕所间的时候，透过隔板的下方，他看到一个人坐在那里，这以后书库里有一声沉闷的响声，坐在角落里依然在冥思苦想的几位研究生谁也没有在意。过了很久他再次经过那里的时候，发现这个人依然还在，只是下面已经有凝固的血迹了。

后来，学校的报纸讨论这件事的时候，着重讨论了它发生的地点。虽然这位吞枪自杀的研究生不大可能是看了一本书之后产生厌世的念头的（他可能是有些个人财务问题），但是他为何选择此处作为人生的终点却符合图书馆给人们的一般印象。在我去芝大读书的时候，大学研究生的结构早已经不是哈钦斯的黄金时代，因为那些"无用"的学科普遍就业前景不好，拖家带口在图书馆中苦熬的老研究生毕竟还是要为前途着想的。就算是没有这件事，芝加哥大学也是到了改革这种气氛的时候了——如果没有良好的监控措施，大家恐怕不知道黑黝黝的"永恒世界"里最终会发生什么。

仿佛是预见到这样的局面，在这之前学校就开始大规模地整治校园，改革计划的名字就叫作"更有趣"（More Fun），和学校教育改革的方向一致。学校新建的建筑中包括另外一座图书馆，新的科学图书馆比起雷根斯坦人性化得多了——但这进步中有些小小的错位：科学家其实是不常去图书馆的，他们更熟悉的物理空间是实验室，参考书报都从实验室墙边的一溜书架上就便取阅了。新的科学图书馆设备先进，人却少得多，反倒是那些要面对和感悟真实人生的社会科学专业学生、人文学科专业学生，他们没有更多的自习室可去，终日里还是只能面对雷根斯坦光线晦暗的墙壁。

后来……后来的结局大家想必都很清楚，很多资料都上网了，大家手里的便携式设备都很普及，图书馆又再一次变成了书库，去的人就没有以前那么多了。如果有一天深夜图书馆的人突然增多，他们多半是在看那些"傻乎乎"的本科生的裸奔——对于图书馆曾经有过的辉煌而言，这是另一种形式的消亡。

我还依稀记得，图书馆里的自杀者是一位国际政治系的学生。

海德园寻穆旦

关于人们对于作品和作者的不同兴趣，钱锺书说过，如果你喜欢吃鸡蛋，又何必一定要去见那只下蛋的鸡呢？其实这个著名的比喻并不公允，至少，对于普通人而言，这样的比喻稍嫌刻薄。知识分子易于鄙夷追星族的狂热，自居为强者的人，也易于淡忘或多或少不愿意承认生命里软弱的时刻。他们或许很难接受这样的事实：一个你喜欢的作者其实或多或少担当了精神导师的角色，尤其是在我们这个曾经将诗人当作巨星来追捧的国度，渴望了解他（她）们的人生，无非是维系与想象中的伟大心灵一丝象征的联系，为自己庸常的生命找到一个参照系。

作为一个如今备受推崇的现代诗人，穆旦是在我去美国的那年刚刚"火"起来的，学兄李方编著的《穆旦诗选》，仿佛就是一夜之间，成了那套"桂冠诗丛"中最畅销的一本——说来巧合，今天俨然已成一种文化符号的王小波，在他《青铜时代》一书的序言之中，竟也提到穆旦是他最仰慕的前辈作家之一。在经历了一通"上穷碧落下黄泉"、各色名目的"对话"之后，这两人间的悄声细语，虽然不能算是什么时空穿梭的奇迹，却也让我这个后来者甚是意外。

我和穆旦作品的渊源甚至远在接触这些以前——远在我去芝加哥大学留学前的高中时代（大约1988年左右），我已经知道穆旦、陈梦家和闻一多与这所学校的关系，我是通过王力的《汉语诗律学》知道了包括穆旦在内的九叶派诗人；通过我哥哥，一个毕业于北大无线电系的理科生的选修课笔记，熟悉了"他曾经爱过你的变化无尽"（《赠别》，1946）。我由此珍重我的穆旦情结，人们最初的兴趣总是能反映他真正的气质与禀赋，因为那时，他不必像一个成年人那样处心积虑，总思忖着究竟说点什么才最能使自己交流于社会大众，或是适合各式各样小圈子的趣味。

但是，1998年秋天来到海德园（Hyde Park）后，我并没有像我曾想象的那样，去考据穆旦在芝加哥大学的一切——尽管我今天从事的工作或多或少与一种考据癖好相关。或许，随着人生阅历的增加，我对现实和理想之间的差距产生了由衷的畏惧，在这所社会学和人类学思考异常发达的学校，那种知识分子所固守的骄傲已让我明白，诗人与任何社会和人生现象一样，经不起手术刀一般锋利的理性的剖析。曾有机会由许多面对面的接触，我看到衰老的大师，就像叶芝（Yeats）笔下的旧皮囊，裹着岁月历练而造就的晦暗复杂的心机。这一切不得不让我怀疑，穆旦诗集扉页照片里诗人的真实灵魂，是否也像他的眼睛那般明亮。

我的穆旦情结的难以消散，终究还归结为一种缘分，那得感谢一位著名的美籍华人学者，他的遗孀 L 是一位退休的社会学家，燕京大学毕业，住在海德公园快五十年了。有段时间曾经得到一个机会和她时常接近。日常闲谈时，偶尔提到芝加哥大学为中国培养出一批人文学者，L 便兴致勃勃地拿出一摞照片，"你们看，这就是穆旦夫妇，在我们的 party 上照的"。

"我们这儿有过政治家、文学家、建筑家，他呀，是个理想家，"她微笑着说，"我可没想到他现在那么有名。"

我注意看那照片，像是宝丽来相机的尺幅，不知道是否因为用了醋酸纤维，而不是硝化纤维相纸，这张五十年前的相片还没有褪色，但未经处理的相片有些显影不足。上面的男人可没我曾经看到的那张照片那么有神采，不过，总还可以认出是他，稍稍有些阴郁的表情；穆旦的妻子倒是神采奕奕，打扮得很有 40 年代式时髦的模样。

"他不是一个特别爱说话的人，"她说。

"不过他动员我们回国时倒是挺积极。"

这和有关穆旦是个"党外爱国者"的记述倒是相符。

我忍不住想起了穆旦郁郁寡欢的晚年，总的来说，那时的他，对他的一生似乎流露出一种不胜厌倦的态度。尽管他也会说一些高调子的话（家属在写公开发表的回忆录时，恐怕难以不加一些这样的话），但他终于会说："抽空也看些书，很爱陶潜的人生无常之叹。"（1976年3月致孙志鸣信）尤其是在他的长子因他的出身不能报考大学时，穆旦"几天都一言不发，似乎陷入极度的精神痛苦之中"。

结束谈话时，我还是忍不住问："那您知道穆旦原先在哪儿住吗？"

"Kimbark和55街？"L自言自语道，"记不得了。他的文学挺好的。真没想到，他现在会那么有名。"

"能不能借您的照片去扫描一下，"我看她有些疑惑，就补充道，"我只是喜欢他的诗。"

"你是要写文章发表什么的吧，"她突然有些警惕，"那你可要告诉我，这可是我的私人照片。"

我迟疑了一下，为脑子里冒出的"写文章"的"一闪念"，感到一丝微微的羞愧，便没有再问下去。不过，从此走过Kimbark和55街时，我总会下意识地注意看看，那幢公寓楼的年代看上去老式一些。在此之前，我早已知道，距此两个街区以外，就是闻一多曾经住过的,如今的一层是"美第奇餐馆"的一幢公寓楼。艺术学院博物馆的 Pearlstein 女士不知从哪儿打听来的。这两处诗人曾经走过的地方,使得这异国的街市给了我一丝隐约的亲切感,不知为何也掺和着莫名的忧伤……附近的小学里,我看到轮滑少年自在地掠过,街道尽头的通勤火车,按班就点地飞驰在跨越街区的高架上——岁月中缓缓改变的城市风景,没有工地无休止的喧嚣,也不易察觉社会巨变带来的痕迹。在这平和流逝的时间里,你感受不到太多人生悲剧的意味,不太容易定位自己所处的年代,更无从想象,从这里走过的某几位异国诗人,一个被杀(闻一多),一个自杀(陈梦家),一个悒郁而终。

即使是在 50 年以前,诗人也不总是一个时髦的社会角色。不过在那时,诗人能被接受为一种社会角色,已经是够不容易了。通过我自己与诗歌的渊源,我总算明白了几件事情,其实写诗是一回事,像一个诗人那般生活则是另外一回事。虽然人们一般期待一个诗人的人生会是他最好的作品,但并不是所有的时候,我们都能把这两种事放到一块儿(会"画画"和做一个好的艺术家也是这样)。写诗固然需要语言驾驭的天分,需要多少有别于凡人的思想,这种文字和技巧层面的东西,终究是可以通过多读多写而有所提高的,然而,比写诗更为不易的,是比相信自己的作品更执着地相信自己的人生理想——诗人的人生理想通常是高蹈的,因为某种在后现代主义者看来似乎是"本体论幻觉"的东西,他通常觉得自己有义务去实践与平常人不一样的生活。不过正如我们

7-1　青年时代的穆旦
7-2　新婚不久的穆旦与周与良
7-3　年轻的穆旦与周与良
7-4　晚年的穆旦与周与良

所看到的那样，并不是所有的诗人都能善始善终。顾城不是，那位曾经期冀"引刀成一快"的汪精卫先生也不是。诗人背离他们人生初衷的悲剧，通常比别的悲剧更富于悲剧意味。

穆旦的时代是个特别的时代，他之所以被称为一个现代主义诗人是因为他"能够看到表面现象下的复杂与深刻"（王佐良）。"为理想而痛苦并不可怕，可怕的是看它终于成笑谈。"（《智慧之歌》，1976）对于"表面现象下"之物的穷究终归导致了建立在表／里二元论之上的旧价值结构的崩溃，这正是现代主义者所经历的悲剧。尽管穆旦的一生实践着中国传统知识分子的勤勉与务实，他的高蹈与激情之中，却常流露出一丝怀疑论者的阴翳。在抗战期间，穆旦跟随中国远征军从缅甸的热带丛林撤退到印度，关于在我看来是他一生中最富于戏剧性的胡康河谷之行，他说到了"对于大地的惧怕，原始的雨，森林里奇异的、看了使人害病的草木怒长"。这"看了使人害病的草木怒长"恰恰与古典传统中蓬勃生命力的象征相龃龉。《穆旦诗集》一书的装帧设计师宁成春先生，不知为何恰恰选择了东山魁夷的平和的森林作为封面，那纯净的绿，或许并不适合包装一个因矛盾之中的求索而痛苦的生命。因为有独立的思考和敏感的心灵，他比一般人更容易感受到外在世界的压力，更不容易生存在一个需要屈从与淡忘的年代。但作为大时代里人海的一颗水滴，他又必须选择"一把一把地献出"，在他的社会责任、道德良知和无羁的想象力之间艰难地维持平衡，终至"'丧失'变成了我们的幸福"（《妖女的歌》，1956）。

在这和平静穆的一刻，我却似乎真切地感受到了他的痛苦——快乐容易伪饰，诗歌也不妨伪饰，而真实生活中幸福乃至自我的丧失，却不容伪饰。选择从美国回到中国，选择用文学翻译来"报效祖国"（今天的人们或许已经太难理解这种姿态了），选择在感受痛苦时毫无或甚少怨言——冷静地选择面对这种痛苦和自我欺骗是两回事，而且，这并不是一件比写出好诗更容易的事。可是，比这种痛苦更"深入"的东西是现代主义本身所象征的悲剧。即使我由衷地钦佩诗人的人格，也固执地希望，不再有任何反面的声音破坏我想象中的诗人的形象，可我不得不相信，在这个世界上，从来都有许多人窃笑于一种未至人情练达的生活——"千秋万岁名，寂寞身后事"，人们对于"高等文化"的艳羡，对于博物馆和印刷品的景仰与匆匆一瞥，有时候，真的很难说对他们的现时灵魂有多大的助益。尤其是在今天，后现代主义者的名利场逻辑和商品化的大潮携手，诗人恐怕是再也难成一种生活的理想了。就像唐诗中人们将北朝"青阳三月中，柳青桃复红"的简约歌咏发挥到了极致，宋以后的炼字造句很大程度就成了一种文字游戏，"生年不满百，常怀千岁忧，"原本直率的心意只有在真正的丧乱时刻才有震撼人心的力量。在和平的年代，诗人终于成了飞行于大学之间的另一类名优，形式（操作性）与声名（炒作性）成了判断一个诗人最普遍的职业标准。

在芝加哥大学的日子里,我又经历过许多与诗人有关的人事。Y是一个"朦胧诗"时代扛鼎的大家,记得去捧他的场时的激动心情不亚于在L女士家里见到穆旦的照片。只是,这次并非我去追寻他的足迹,而是他自己御风(乘机)而来,当穿着皮裤的Y先生在优雅的女诗歌教授引导下完成即席朗诵后,我拿出一本自己保存了许多年的《五人诗选》请他签名(我真还没有请任何一个影视明星签过名)。

"这本书从前可是我的圣经啊!"我忽然意识到自己的玩笑开得多少有些拙劣。

Y显然是稍稍一愣。然后很快地,他似乎明白了是怎么一回事,他是否想起了1980年代初期诗人的黄金时代?在成都、南京,人们曾经像追堵刘德华、罗大佑一样追堵过他们。

"真没想到在此时此刻还有此人此书,"他转身把这书"秀"给优雅的女诗歌教授,用英语说,"那个时候我们可真天真。"(大意如此)

当我再沿着55街或是Kimbark走下去时,我还会注目于那些普普通通的公寓楼,那些诗人曾经栖息过的窗户里,此刻偶然会闪出一张陌生却普通的面孔,无论白色还是黑色;我还会压抑不住心中的本能——在海德园,是否还有一些穆旦不为人所知的"遗迹",依然保存到了今天,可以成为一篇文章的素材?不过,我

海德园寻穆旦

由此放弃了在诗歌上投入更多的时间,我不再会产生出去"瞻仰"那平常房间的念头,不再试图向 L 女士打听穆旦的详细住址。不知谁说过,生活本身是伟大的戏剧。而对我来说,这一切仅仅是刚刚开演。

洛阳 Circa 2000

为什么对洛阳有种特殊的感情？这要追溯到 1999 年，我在芝加哥大学巫鸿老师那里念书的时候，选了一门他的课，题目就叫作"洛阳公元 500 年左右"（Luoyang Circa 500 A.D.）。那一年，我刚去美国留学不久，谷歌和华为都立足未稳，世贸大厦仍然好好地在那站着，不知为啥手机却是努力在向小型化方向发展，和今天截然相反——世界大事像中国的房价一样即将风起云涌，我却浑然不知一头扎进了故纸堆。对我来说，"洛阳公元 500 年左右"也是我的"公元 2000 年左右"。

之前对于北朝的历史并不是全然陌生，但在北美重温洛阳的城市和艺术，则是另外一种语境了。对于大多数到美国只是为了开洋荤的中国学子而言，到美国学中国，简直是"莫名其妙"。

这门课属于"研讨课"（Seminar），导师仅仅提供大题目、大方向还有方法论的指导，学生们需要自己提出问题，然后在大量阅读中寻找自己的答案。为了使得自己更充分地"浸入"，我还选了巫老师涉及北朝艺术的专题，以及另一门东亚系的课，讨论中国古代文学中的"鬼"——外加旁听俞国藩教授的"中国古代宗教"。芝加哥大学的学期短，十个星期就要提交课程报告，在洋人大学的科系里，紧锣密鼓地面对如此多的中国话题，在留美十年里也算是少见了——尤其这几门课有个共性，不仅是"外国"（相对于美国而言）的，"古代"的，还是有关幽冥世界的，我们这些未知（西洋的）"生"的留学生，倒先在图书馆里"死"了一把。

在上面的《图书馆之死》一文里，我已经吐槽过这种纯然依赖文化想象的心智生活。在图书馆中，我时常会待到午夜才回家去休息，所浏览的不外是考古发掘报告、墓志拓片、墓葬平面图之属，它们既不都是现代人心目中芳香的"美术"，也难免枯燥，常让我读得时空倒错。

所幸，图书馆外还是有很多有意思的东西吸引我的。就算是"学术修道院"，没有围墙的生活本身并不分"内""外"，艺术史毕竟也还有很多具体而微的"物质文化史"的层面。最好的，是我们有一间精选的艺术阅览室（"Art Reserve"艺术保留书室），除了老师指定的读物，在那里还有很多非此不能看到的珍稀图书和精美画册，品质之精，内容之广，从那以后都没在其他地方遇到过。有时，我情不自禁地离开了本题，去翻看围绕那个时代文物主题的画片。虽然大多数书未必关于洛阳，但是它们却为我打开了一扇更广大的中古世界的大门，那些墓志、地图所记叙的世界不再那么抽象了，看累的时候，我抬起头来，就看见身边的玻璃罩里一尊北宋风格的石质佛头，金彩无存，但依然朝着我熠熠生辉地微笑。

这就是我的"洛阳 Circa 2000"。

刚开始，我好生奇怪这门课为什么叫"Luoyang Circa……"？这样一个课题的名字简直称不上名字，洛阳的公元 500 年，算是它的"万历十五年"吗？

后来我才知道，对洛阳而言，这是个特殊的年份。494 年，孝文帝把国都自代北的平城迁到洛阳。不仅是北魏的统治者面对着巨大的变革，中国历史也迎来了一个特殊的转折时刻。在传统历史观中，孝文帝的汉化改新是"进步"的，促进了民族的融合，在客观上，却加速了这个王朝的覆亡，短短三十余年，汉魏洛阳城就匆匆地走向毁灭，并且从此一蹶不振。我们将要研究的，正是这段短促的却又如星云般灿烂的洛阳的最后时光。在那段时间里，宗教被提升到至高无上的、足以使人迷狂的地位——在世俗的中国城市生活中，这是难见的高光的一瞬，启人想象。

我从没有去过洛阳。在此之前，就算是在那些可以称得上"历史城市"的空间中，我甚至也不曾留意过"看不见的历史"——对一个还很年轻的人而言，混迹在现实的中国城市的十丈红尘中，微薄的旧痕实在是算不上有吸引力，对于庸常的生活而言，那种历史缺乏即时的、实在的意义；即使有那么一星半点的"古迹"，对于广大的"现代"的系统，也不过是汪洋大海上漂浮的一点残骸罢了。

现实中的洛阳是废墟，在空间和时间上都很遥远的北美，"古代"却忽然变得丰满而完整了。原本只是零星的物件和遗迹，不算太多的专门研究著作，都自动连缀、组合成整体的洛阳，好像传说中它的开阳门楼柱天外飞来，不再受到彼时已在高速发展的中国现实的影响。这一切，可能还要拜修学条件太好的芝加哥大学所赐，它无须为有关遥远"古代"的课程预设什么中心思想，就像他们教授柏拉图、普林尼一样……大学只是冷不丁地把一座宝库"掼"到你的桌上，那几架子书虽然不能算是应有尽有，但几乎可以和北大图书馆阅览室里的信息量相当（当时在北大还没有办法去大库自己选书）。这些书，毕竟都是有眼力的人细细斟酌、悉心采配的——尽管阅览室里运行着最新的苹果电脑，真正愿意在这里面壁的毕竟是少数，大多时候，图书馆里没有什么"现代"的动静，好让"古墓派"的人们可以独自入定。洛阳的大和小，结构和细节，逻辑与光彩，都一起涌到你的面前，自动汇成一座神话般城市的光泽与影像。

何况，关于那个洛阳，我们还有一本如此精彩而又奇特的"城市文学"著作：《洛阳伽蓝记》。

用一本书写尽一座城市原本是不容易甚至不可能的。但是，杨衒之，站在洛阳的废墟上追怀往事的北魏时人，做到了。他的空间同时也包含了时间，结构串起了故事，它们分别是"城市文学"这张华美织毯的经线和纬线。今天研究北朝洛阳的学者常常引用这本书讨论文化史，实则它的记述也有夸大之处，但是对我而言，《洛阳伽蓝记》已经足够丰富和准确了。它有关一种难得被系统记录下来的城市历史的"心理传记"，不仅有坐标方位，还有具体的故事情节。拿今天的比喻来说，就好像一整套摄像头所拍摄的各个角度的城市监控资料，在其中有着复合的、多层面的意义，难以为一般的历史叙事所尽道。

比如，大多数讨论汉魏洛阳的人都会想到永宁寺著名的九层佛塔。它高达"九十丈"（一些论者认为，这个数字可以折算成现代的140米），顶上有十丈高的金色刹竿，合计离地一千尺，在距京城百里之外已能遥遥望见。《洛阳伽蓝记》用一系列的数字，不遗余力地描写这座塔的高大，比如，刹竿上有容量达二十五斛的金宝瓶，孝昌二年（526）狂风，宝瓶被刮落在地，竟然"入地丈余"，由此可见塔得有多大，佛塔赖以传声的金铃，每一个都如小口大腹的陶瓮。佛塔九层，每一转角都悬有金铃，上下一百三十枚。佛塔四面，每面三门六窗，门上各五行金钉，全部加起来有五千四百枚金钉……作者最后的总结，含有我们今天还在使用的一系列成语：

（永宁寺塔）殚土木之功，穷造形之巧，佛事精妙，不可思议。绣柱金铺，骇人心目。至于高风永夜，宝铎和鸣，铿锵之声，闻及十余里……

不惮其烦的铺陈既是歌咏曾经存在的，也是叹惋已然消逝的。这座神话般的高塔仅仅存在了 16 年左右，它失火的时候，当时的"消防队员"完全无能为力。当你看到这一段的时候，一定会突然醒悟这段历史文本正是基于一种"过去完成时"的黑色视角。想到中国式怀古都是这种"过去完成时"，往往都对应着"荆棘铜驼"式的不祥的预言——早在杨衒之之前，就有索靖站在洛阳宫门之前，指着宫门前的铜驼感叹说："会见汝在荆棘中耳！"

相比如此蔚为奇观的古代的文字，永宁寺塔，就像洛阳一样，剩下的也就只有记述在考古报告中的残砖碎瓦了。我在寂寞的图书馆中大呼精彩的同时，又不免掩卷叹息……

但当我出门去，汇入大街上享受现代生活的红男绿女时，我又好像回到了另一个"洛阳"之中，只不过其间有着某种让人错乱的"时差"——图书馆里理应是回到了不甚可见的"过去"，但晨钟暮鼓的哥特式校园背后的地平线上，芝加哥市中心蔚为壮观的摩天大楼也是奇迹般地升起，好似历史摇身一变"回到未来"——更不用说，这现实和未来之间，应还有不同文明发展程度的"时差"。要知道在那一年，北京的天际线也没有发展成今天的模样。对于同样"不可思议"的资本主义世界大城市的景观，初到美国的我，还在缓慢的适应过程中。倒也不是所有的美国人对此都缺乏足够的反思，记得我们的建筑课老师讲解《癫狂的纽约》这本书时，第一个问题，就是请我们实际计算一下，假如帝国大厦内的人员需要疏散，该花多少时间？也就是99层的人要下98层楼梯，98层的人要下97层……

那座大胆的、只能造不能救的永宁寺塔，在它付之一炬时，也该有这样的算术题啊。

"不可思议"的，除了人为的奇观之外，同样涉及具体的人情。美国这样一个久未经患难、又是建立在大胆的革新和投机上的国度，大家想的都是"一万"，其实没有多少人在乎"万一"——更没有人在乎"其兴也勃焉，其亡也忽焉"这样的丧气话。纽约客由此和洛阳人有了某种共同的心理基础，无论多大的千古兴亡的话题，当它最终落实在"城市"这样具体的事物上面，并且同样被非常的语境所推动时，"故事"比"事实"要来得重要了；"故事"和"故事"之间，比"事实"和"事实"之间有更多的相似之处。

在黑暗中注视着大街上的灯火，我不仅下意识地感到，面前这我尚不能充分理解的异国都市的生活，和书本里的洛阳之间，也许竟然有一条神秘的时光隧道相连？

8-1 艺术系大楼的门上写着:"艺术不就是一种观看的方式吗?"

8-2　从60街以南新建起的艺术系大楼向北眺望校园
8-3　芝加哥大学艺术史系和斯玛特博物馆（Smart Museum）共享的庭院

现实和过去之间，或者故事与故事之间，它们赖以连接的桥梁不是宏阔的议论，只能是更直观的东西，是可以和普通人生活对接的尺寸，触觉和感情。也就是那时候，我第一次浮现出写一部小说的念头，我要写一个古代的工匠，在标准格式的学术论文之余，补足论文里不能看见的他的心理活动。在某种意义上，这种心理活动，也就像是一面怀着创造的喜悦，一面在现实压力中苦苦补缀功课的"我"的心理活动。

洛阳"曾经"的如何如何，也就是过去所断言的"现在"的如何如何，"过去完成时"也联系着"将来完成时"。就像我们无法想象古代洛阳的壮丽，"现在"也将变成我们无法想象的废墟。我们不知"现在"将往何处去，也正如洛阳人不可能预知竟会有我们这样的子孙，在北美安静的大学里读着有关他们的故事。唯一可以肯定的是，就是万千个"现在"也将变成无法挽救的荆棘中的"过去"，高歌猛进的历史会有着不甚连续的时刻——"将来完成时"的预言，和"过去完成时"的追忆，仿佛两面相对而立的镜子，镜子之中无穷叠映出的是城市生生灭灭的宿命。

从那一刻起，我突然觉得我算是第一次懂得了"历史"。对我而言，洛阳不再是一个仅仅有着石窟和牡丹的旅游地了，它着实是一座古代的城市，但也以某种形式活在我们中间。有关洛阳的文学作品也不再是修辞的俗套，它记录的是具体的、可感的空间中的某一刻，即使依托它的物质载体已全然消失，你依然可以从种种痕迹中嗅到熟悉的气息,因为那也就是我们自己生活的气息。只不过这种生活并不完全是平凡的,而是充满着各种"异国情境"——恰好,我们也就生活在这样一个时代,这样一个异乡,同时被平庸、迷信和奇观所折磨。

于是,在 2001 年,当我在电视屏幕上看到纽约(后来我也搬家去了那里)的世贸大厦坍塌的躯体像雨点一般砸落下来,我竟然在第一时间想起了洛阳,想起了永宁寺塔。

于是,我第一次有了去洛阳考察的机遇,那也是公元 2000 年后不久。其实,公元 500 年,那个"整数"概念对古代中国人原本是没有意义的。但是,由于以上某种冥冥中的心会,它们的实质相去并不远,既是因为围绕着那几年发生的一系列重大的事件,也是源于时间循环里产生的奇怪的"既视感"。

在现实中的洛阳,一个普通的三线工业城市,在很短的时间内,我深刻地意识到了时间所带来的丧失:"天津桥上繁华子"的风景早不复存在,昔日的掖庭美人变成了粗服乱头的村姑。一切一切的落差,比想象中的还要巨大——但是对于想要"体验"历史,而不仅仅是去追怀史迹的人,这种落差又是如此地恰到好处。

从那以后,我写作论文的愿望已经不那么迫切,但写作那部小说的种种构想,就像古代洛阳一样在我的脑海中变得逐渐清晰。

逝去的故国

那还是 2009 年秋天的某一日，和一位安徽籍的朋友偶然谈到我在美国的一位老世伯，隔了两天打开计算机，居然就收到了他的讣告，冥冥中似乎是有某种不得而知的感应。

说起我和这位叫作唐德刚的学者到底是什么关系，我自己也不是十分清楚，我们大概都是属于这族之中的某一分支吧。合肥的"老唐家"分为肥东和肥西两族，住得不远。在清末，"老唐家"大概不是大街上随便抓到的一个姓唐的人，而是和"淮军"这个字眼密不可分。具体说来，清廷在晚期重用汉族武装，让曾国藩和李鸿章这样的地方豪强有了崛起的机会，跟随他们征战的乡党也都一荣俱荣。唐氏家族的几位出名将领由镇压太平天国—捻军发家，又先后参与了 1874 年台湾之役（明治维新后的日本人第一次觊觎台湾）与平定西北回民武装的战斗，淮军的影响一路带进现代史，和后来北洋、民初的历史有着千丝万缕的联系。唐先生出国留洋、开阔眼界大概也和这种机遇不无关系。

可是，对1949年之后的中国而言，这种出身并不是什么好事。每次问及家人合肥唐家的情况，都因为"往事已矣"的原因而得不到确切的答案，毕竟那段家史对他们的个人经历而言是非常不愉快的负担，有着终其一生的沉重。

除了《晚清七十年》这样的著作之外，求学于哥伦比亚大学的唐德刚教授最为人所知的经历是曾经担任胡适晚年在美国的研究助手，并且帮助整理《张学良自述》等一系列"口述历史"。唐先生是历史的研究者，本人也算是这段历史中的一分子。他不仅著书立说，同时也积极地参与到对现实的干预中，从为家乡的灾情捐资募款，到在台湾的"台独"场面里挺身而出，与台独分子辩论。或许是由于这种双重身份，有时候，他似乎并不太介意客观地把握历史的叙述者和一个小说家之间的区别，虽然妙笔如花，却也在专业史家中引起了一些不同的看法。比如他叙述二战后四大权力巨头（中、美、英、苏）的关系：

> 在二次大战末期，胜利已成定局之时，全球列强，只剩下中、美、英、苏，一桌麻将……四方城中，另一麻将客丘吉尔，也技术非凡……朋友，人家输得起嘛！这也就是管仲能搞"九合诸侯"的道理啊！人家本钱无限，你如也想赢点小钱，你就得……在霸主身边，狐假虎威一番。是非云乎哉？

真有点儿太生动活泼了。对这种洋溢在字里行间的热情，在

1980年代成长的我却是充分理解的。今天的知识分子还是谈"思想",可是,"心"可以是当下实在的"心",也可以是一尘不染逃遁无处的"心",读一读类似王阳明《夜坐》那样的诗句,就明白近世四五百年的"思想"脉络,为什么会在唐先生前后那几代人身上,散发出如许的能量了——有其得,也自有其失:

独坐秋庭月色新,乾坤何处更闲人;高歌度与清风去,幽意自随流水春。千圣本无心外诀,六经须拂镜中尘;却怜扰扰周公梦,未及惺惺陋巷贫!

在海外,理解中国版的"大历史"还不能不从对"陋巷贫"的惺惺中谈起,被时间的灰尘蒙蔽的某些片断,如果设身处地地想了,才会在被人忽视的角落里发出毫光。"三百年来伤国步,八千里外吊民残",来自合肥的中堂李大人都能看到的故国的衰黯,惨烈得真是惊心触目。今天的小朋友们或许觉得这种形容是夸大其词,我父母那一代人却还是感同身受的,我之所以也能认同,多半是因为在少年时还见过改革开放前种种"前现代"的积弱和匮乏,见证着百年来跌宕波折的国运。周公们无暇顾及的镜中尘、陋巷贫,按照费正清在为《两种时间》(*Two Kinds of Time, by Graham Peck*)所序前言中所说的那样,其实是需要福楼拜、巴尔扎克和笛福的三只大笔才能尽书的。这种情结,正是唐德刚教授等海外学人落笔处不够"平静"的原因,《万历十五年》的作者,壮岁由职业军人转为历史学者的黄仁宇也是如此。

一直知道家族中有这么一位名人在纽约。去美国留学后的第四年，我有机会去纽约开会，心血来潮想去拜访他，于是给他写了一封信，投到我很久前获悉的地址中，过了一阵便忘记了这件事。不想没多久后的一个清晨，突然有个从纽约打来的电话将我从睡梦中唤醒（我所在的地区与纽约还有一小时的时差），电话那边正是唐德刚先生，我一个从未与他谋面的无名小辈，他却第一句话就是：

克扬吗？我是德刚啊！

甚至在电话听筒里，也听得出语音的哆嗦——他完全是以"族人"这种对我而言很陌生的身份称呼我的，其实他的辈分长我好几辈，本来用不着如此自谦，或许是又夹杂着不见外的美国习惯了。但他口音很重，我本来就没在合肥土生土长，加上他说的是老式的合肥话，我晨睡未醒，一会儿就完全听不懂，辜负了唐教授他乡遇故知的热情。

你的爹爹我没有见过，但我想我是知道他的……他是"志"字辈，你们的伢应该是"乃"字……

正在想着怎么应对，他很激动地说，我到纽约的时候一定打电话给他，他要到纽约市内来见我。我连说不用了，因为知道他年事已高，还是我去拜访他为好。

异邦笔记

过几天，我又接到了他夫人的电话，言语中却有些不同的意思，我理解了，大概是因为我预约的来访，竟给她带来很大的压力——老人家出门毕竟不方便，更何况还要在驾驶风格粗暴的曼哈顿自己开车，自然觉得是很大的麻烦。后来，我左思右想，就主动取消了这次访问。

现在知道，他在新泽西住的地方其实离我后来在纽约北郊的家极近，大概也就是20分钟的车程，就算是坐通勤火车再打个的士，在纽约这种大都会圈大概也不是非常困难的事情，对于美国人而言根本算不了什么。我那一次的畏缩，想来还是有些命定的原因，是我这里想要详细说的主线——也许我并不真的很享受这种与老前辈的会晤，也许我对过去历史的好奇终究只是叶公好龙，抵不上辗转一两个小时的艰辛；抑或，我还是会觉得下意识不自在的——当听到一种似乎乡土的，却是隔了五六十年光阴的本地方言之后？

后来就再也没有机会见到他，因为似乎那年的年底他就搬到旧金山他儿子的家里养病去了，纽约的气候对病重的他而言可能还是太过严酷。想不到，这一去他就再也没有回来。他晚年饱受肾病折磨，最后一刻索性决定不再治疗，据说，辞世之际还算是安详。

说起来，唐德刚教授并不是我接触到的唯一一位"上一代人"或"上两代人"，但我和他整整差了半个世纪，却能在世纪末的异

9-1　晚年的唐德刚　　9-2　唐德刚与胡适
　　　　　　　　　　9-3　唐德刚与张学良

国阴差阳错地接上头,因为这点接续得不太牢固的"线头",又牵起很多复杂的情绪。

我生于上个世纪 70 年代初,成长在 80 年代,接受了还算正常的教育。按说承上启下的这一代人还是幸运的:往上去,在我们思想成熟的那个年代,见识过"旧社会"的人们依然健在,启发我们有着更多世代人生的可能,在这风云变幻的事实面前,乃知"抛头颅洒热血"不是个玩笑;但是满怀敬畏的同时,我辈又难免感到一丝迷惘和畏惧。不管是读史还是阅世,都真切感受到,其实没人能一夜改变世界,风风火火的革旧鼎新的过去的世纪,于今又在门槛上踟蹰徘徊了……历史既可能是唐先生所说的风雨后晴的"三峡",有时也更像一座沉闷的火山,过去本自混沌,身在其中者并不知它会在哪一刻何处迸裂,以及这后面将发生什么,更不用说那裏挟所有人的巨大莫名的动量和惯性(越是活跃的火山越是盲目)。

如今想想,我自己连对于这种自下而上的追溯也慢慢失去兴趣。历史,尤其是晚近的历史,就如德刚先生的合肥话一样,使人亲切却不得亲近(相比之下,遥想汉唐反倒是因为遥不可及,而成为一种"思想穿越",使人兴味盎然了)。联系唐教授的生平,尤其是因为它的困扰一面活生生在眼前,教训历历在目,使人感到提不起高山仰止之心,只觉得惋惜,同情,怅然若失——我至今还想起他自述中,晚年因被纽约市立大学无故解雇而蒙受的屈辱。

每个在美国讨过生活的教书匠都知道，那是一种比五斗米更能使人折腰的巨大的压力。

今天来往大洋彼岸似乎并不是什么大不了的事情，但是那时的游子却是断了根的。中国文化已不再当然优越，故国回不去也靠不着，只能看别人的眼色，做别人予取予求的东西。比起"如隔山岳"那是要厉害得多了。在思想的母体和隔膜的现实间"切换频道"已成常态，对于他们那一时代的人而言，"身在曹营心在汉"依然是个跨不过去的伦理门槛。已无归路时虽然加入美籍，照例宣誓各种"忠于"，内心的巨大冲击对于今人而言仍是不可想象的。可是就算是付出了这样大的代价，这个社会并不会真正接纳他们，亚裔——更主要是指东亚几国——最特殊，如果已经在过去的文化中浸透，大国的子民又更有种说不出的难堪。有的人在专业上已经极有成就，但是社交生活依然只能和同文同种的人们混迹一气，或是，至少会把内心最亲切的那一小块交给自己最熟悉的语言。

自然科学领域的还算好，对于从事人文和社科领域活动而言的中国人，你的面孔和语言的标签已经延续到生活的方方面面，甚至在最"友好"的西方人眼中，也一定会有这样的有形或隐形的标签。在中国学中文，翻阅中文书报，或许，是因为你的兴趣爱好，可是，对于很多最终在异国终老的人，那是你唯一的选择。对于一个富于智性的人而言，这种画地为牢的"出路"，显然并不是最有价值的选择。

逝去的故国

那些"专属"的西方圈子是不属于这些"归化"者的。因为工作的需要,我曾经参加过纽约的几个文艺聚会,比如由著名建筑师弗兰克·盖里召集的戏剧派对,这其间就看不到一个有色人种,更不要说中国人——平心而论,这和真正的歧视还有一些距离,而是一种客观存在的单边的尴尬,并没有因为我们引进了NBA或者美剧英剧而缩小。试想一下,如果你要和朋友去听郭德纲的相声,你会带上一个外国人不厌其烦地用英语给他讲解吗?如果你发音纯正的非洲朋友自称,对于唐诗宋词有兴趣,你愿意天天和他把酒相和吗?——对于某些"热心"的国人而言,也许这种情况偶然也会发生,报章上我们更不乏"征服"了曼哈顿的男人女人;但是必须承认,这种照顾或眷慕来自一种仰视俯视的微妙心理,在中国展露"才艺"的西方人相对于中国人在某些方面有着先天的优势。可是倒过去可就不一样了,没有人会用中文为你解说"超级碗"(Super Bowl,有人说,这是美国人的春晚)的。和某些想当然的飘飘然形成鲜明的反差,最悲催的还不是用英语表达的别人的梦想,而是别人根本不知道你的"迁就"。

如果世界真的是平的,"你"和"我"本不过是一枚硬币的两面,很不幸的是,至少是此刻,"我们"还生活在"他们"之中——也可以说,"我们"选择了"他们"的生活,而不是倒过来。这是时代的大局使然,对后人而言,它只是某个历史时段必要的准备,就像唐德刚先生所描述的时间三峡中的某一段,但对于已终生在阴影中穿行的小船而言,这多少是种悲剧。别忘了,在唐德刚的年代还存在着真正意义的"歧视",那时在纽约,犹太人和中国人通常是租不到好房的。

多少次走在纽约古老的大街上,有一刻,我突然为未曾与唐先生谋面感到深深的遗憾。

在哈佛大学读书时,曾经参加过几次有趣的老华人教授聚会,叫作"康桥新语"——大约是"世说新语"的典故。在座的十来个人中,居然有三位美国国家科学院的院士。座中固然尽是一时的俊杰,却眼见着他们在异国的昏黄灯下渐渐老去,而他们的事业也如他们的生命一样,尽管曾意兴漫飞,却不能不局促在时代大局之一角。在瀛洲而作故国之思,老气纵横,老态毕露而终入一种苍凉的老境。似乎只有那些毅然与这文化脱去干系,入西籍专心科学的人们,才似乎有超拔于这种困局的可能?但是一旦有回忆这回事,被回忆锚定的"中国"终归是尴尬的,它和新的现实不谋合,甚至也不是历史上我们认定的"中国"。

对某些品茗养心的糊涂"传统",我其实真心是不感冒的:所谓"儒先臆度而言之,父师沿袭而诵之,小子蒙聋而听之"。如果这些糊涂的东西确实管用,借用某老师的名言,鸦片战争以来我们都白活了。可是每每回忆起德刚先生语速极快的合肥话,像要为我搞清楚我的曾祖父可能是谁,我在家里如何排行,谁谁谁可能与我的祖上有所瓜葛……我又不能不为之悚然动容。从遥远的距离冷不丁回头望去，他们到底是谁？他们和我此刻的哭和笑，爱与痛是否真的有关？

好像非西方的电影中总有这样的父子纠结，就算是放在背景里也有巨大而震撼的象征意义，像电影《一次别离》中的患了老年痴呆症的伊朗父亲。西方文学中由"家"中两代而始的冲突似乎渐渐不多了，相反两性的关系却很突出，而当代的中国文艺还是把宝一次次押在"家"这个字眼上：无论是大宅门还是后宫传，还是在对"父亲"叛逆又复和解。

"中国"这个从外部指涉"我们"的词，其实是"别人"——具体地说来，匈奴人、突厥人、波斯人、法国人、美国人……首先使用的，但现在竟是我们普遍的自称了，在今天，伴着"声音""歌曲"的各类"中国"像是再度被发现，还是隔着大洋的宽度带着英语的腔调。但是，每当听到这样的呼喊，又总是毫无保留地为之感动：

"虽不曾看见长江美，梦里常神游长江水。"是我们改变了世界，还是我们改变的世界改变了我和你？

十年一觉
电脑梦

十年一觉电脑梦，乍想起来，说得像是不尽准确，因为电脑在我们这代人的生活中出现，绝对不仅仅只有十年，而是二十年，三十年……但这里说的并非大洋彼岸技术革命的时间，而是一种技术发明对人生的意义；同样，我并非一个计算机专业的学生，也远远谈不上痴迷"数字时代"。我和电脑的距离不远也不近，既不是追捧新鲜玩意儿（gadget）如狂的极客（geek），也不是对此一无所知。但我要说，实在是电脑改变了我生活的时代，改变了我们的生活方式。

电脑梦，它本身就是人生梦境的一部分。

梦的做法有很多种，最典型的一种并不是一上来就如梦如幻，而是由"不可思议"的真实慢慢坠入梦境的，并渐渐把它看成新的现实而安之若素。就在不远以前的 2010 年，苹果公司推出新的产品线，也就是今天人们耳熟能详的"iPad"，包括我在内的大多数人还是对这东西的用途产生了疑虑——它拿在手里不轻不重，不像实用的笔记本电脑,也不像先前已经声名大噪的 iPhone,它有足够大的视野却没有独立的键盘(大概不会有多少人拿切换出的虚拟键盘敲字玩儿),像一只特大号手机,带起来不免有些累赘。就在当时,它的作用未定,前途莫测,让许多市场专家怀疑这款产品的定位是否有问题。

自然,在写完这本书的时候,已经没有人再怀疑"掌上电脑"的威力和前景:工作、影音、信息、阅读、贺年……全由一机搞定,微信、微博、短信、淘宝、豆瓣……一部小小电话就提供了生活的全部平台,从个人计算机到便携式设备,从"工具""家具"到社交娱乐的转换被称作另一场革命,我们在安享革命成果的同时,已经辨认不出梦境何时混入了真实。

只有回到来处才明白技术如何影响了人们的生活。时光上溯 17 年前,也就是我出国留学的那一年,是我的电脑元年——在我满心惶恐地面对一个全然陌生的世界时,我最熟悉的东西居然是他们的电脑!

(或者,我实在是说,在那个长得差不多的电脑里,还存储着和一切熟人即时联系的可能。)

遥想 1980 年代上中学时,第一次在学校的实验室看到还很"萌"的苹果计算机,与电脑"一见倾心"更又在十年之前,可是直到"元年"电脑才变成我生活不可分割的一部分。其一，是因为电脑在"元年"变得更便宜了，对上班族不算多但对学生而言也不算少的一笔奖学金，让我有了堂堂正正买——而不是绞尽脑汁"攒"——电脑的能力，极其低廉的价格，也让计算机通讯成了真正意义的人际纽带；其二，也是更重要的，在 20 世纪末的那一年，我踏入的美国校园早已浸透了电脑的文化，有了托起这文化的社会基础，让我没有选择地坠入另一种全新的生活：在那里，人们已经习惯上班第一件事检查电子邮件，睡觉前存下文件，顺便在电脑上听听歌，eBay 上买些便宜货……这已经不再是生活所需而是生活本身。远在乔布斯重新改组"苹果帮"之前，他和朋友们所种下的苹果树已经在他脚下的土壤里牢牢扎根，开花结果。

在整个 80 年代，我的美国导师们普遍还是在打字机上敲打博士论文——在那时候，电脑并不是稀罕物，但是却远不如 90 年代这么方便，老博士们熬得脸发黄所得的几百页，谁敢轻易地全托付给动不动就崩溃的一堆电路板，或是一张看上去随时都要撂挑子不干的磁盘呢？要说 80 年代真正的"电脑人生"，只有"阿卡德"（Arcade）的大型游戏机才是真正深入人心的，因为那东西没有输入—产出这回事，有的只是即时的快感，既不带来，亦不带走。纵使因为图形显示技术的原始，"阿卡德"上的大多数图像都还是真正的"像素艺术"，但如果大"Boss"能在街头的痛扁中轰然倒下，或是巨无霸的外星战舰最终被打得烟消云散，这种兴奋依然是号称为 21 世纪的发明——个人计算机——无法比拟的。

在这样的前提下，90年代末最终抓住人们生活的电脑是什么呢？照我看来，这样的电脑其实和电脑本身无关，或者说没有太大关系。对被电脑侵入的生活而言，电脑其实就是一台显示器，更像一叶"窗"而不是一扇"门"……今天的iPad其实也是如此，鼓吹"云端计算"的明日电脑不也是如此吗？比起微软Windows的"视窗"来，iPad的这扇窗更加纯粹了，把USB/光驱等一干多余的玩意儿都排除在外了，几乎找不到任何插件，因为那个通过网络和便携设备在无形中相连的"云"的存在，总有一天，就连煞费苦心塞进薄薄机身的那些处理器、存储器也将是多余的了，剩下的将彻彻底底地是"窗"——正解！谁说窗子旁一定要配个梯子什么的？

首先是这扇窗里看到了"什么"。就算原始人一睁眼就在看了，但是"看到"什么却不是那么简单。"字"里看到的是意义，"画"中看到的是形象，我们今天生活的这个时代看到的是画还是字谁也说不清，但是那小小的屏幕比嘈杂纷乱的世界一定是有吸引力多了。有了"看到"便是"看不到"，这从摄影和图画成为生活一部分的时刻就开始了：在"艳照"里我们看到的触目惊心，大概是因为本不该如此"惊现"，才配叫作"隐私"；换句话说，短暂看到的诱惑还在于通常的看不到，那诱惑是如此之强，以至于为何会有这种计较——是阴谋还是偶然——已经不重要。这么说吧，早在所谓数字时代到来之前，随着人们对于窗后面东西的关心，它所附丽的建筑已经慢慢不重要了，我们已经进入了一个虚拟时代，彻彻底底的人造世界——在这个时空里，文字，图像，威力一样是无穷的，言有尽而意无穷，它们早已超越了公猪邂逅母猪发情的阶段。

在我的电脑元年，我已经意识到电脑的威力，意识到它是一个令人越睡越熟而且再也醒不来的梦。这不，自从我熟悉了在电脑上敲字再把它们打印出来，我是越来越难有机会写字了；有段时间我是如此频繁地使用计算机制图，以至于我的腕关节皮肤都蹭成了黑色……就算你不是一个"技术控"，你的生活已经牢牢地绑在这种通行江湖的工作和沟通工具上，一般人试图摆脱它的影响是不太可能的，就连学校几位白发苍苍的老先生，起初只是笑谈"这学校敢于拒绝电脑的人就是我了吧"，挣扎抵抗几年，最后他们也学会了用电脑收发电子邮件，使用智能手机。

在 iPad 或"苹果帮"一统江湖之前，基于 Windows，着眼于"工具""工作平台"的电脑还是不够"贴心"的，就连我这样还能折腾几下子电脑的人，有时候也难免感到它的不便：解决一个简单的问题反而带来了更多的问题，各种花样的功能其实没多少是充分使用的……也许正是看到了这样的问题，让东山再起的乔布斯迎来了电脑时代的第二春，它现在不仅讲求"功能"，而是致力于满足"需要"。

因为我的专业和空间——实在的空间最终也会导向虚拟的空

10-1 代表着上一代学习空间的芝加哥大学哈珀图书馆

10-2 芝加哥大学最新的曼索托图书馆（Manseuto Library）中，看不到太多的实体书籍，看不见的"信息"的结构和空间本身同样重要

间——密切相关，也因为就读的院校里创生视觉形式的高手云集，于是，我居然也见证了这个"需求"时代的到来（不要忘了，"脸书"的创始人扎克伯格那时就在我的隔壁读本科），有一次，微软公司的开发人员要到我们的课堂上来，测试我们对于电脑纪元"明天"的看法了。

——准确地说，他们刚刚搞出了微软跨代的新操作系统的雏形，这次来是要我们对它的功能设定提出意见。其中一个最吸引眼球的，就是大大提高的照片搜索功能，在2003年左右的那个时候，这项功能看起来还是非常科幻的，只要你提供一张参考照片，系统会自动帮你找出类似场景、人物、色彩……甚至情绪……的照片。

"比方你一次旅游拍了两万张照片，你手动找出这些照片的概率几乎为零，"介绍系统的科学家听起来颇为自得，"但是使用这项功能就可以在一两秒钟之内找出你要的照片。"

"天哪，"我禁不住插话说，"可是我小时出去旅游的时候，买十卷胶卷就已经很多了，一次四百张照片会让人看很久了。中国有句谚语，皇帝一餐也只能吃两碗干饭啊。"

这样的意见让科学家听起来有些意外："你听起来像个哲学家。"（不像个技术人员）

可是两万张照片能看得完吗？

我们不在乎你能不能看得完，我们在乎你如何看。

如何"看"于是成了莫大的讲究。人类最初看到的，不过是偶然成了成像表面的天幕、帐篷、建筑的表面……这些东西于是像是着了魔，图像显形，而它们自己立地遁身，直到明白无误地产生出了"媒介"这种怪物——"媒介"，就是传递某种东西自己却不是东西的"东西"。纸张之所以是一种伟大发明，也是因为它轻薄，物质属性几乎可以忽略不计，数字化时代的"看"把这种非物质性越发夸大了，越看越清楚，直至苹果店里的"视网膜屏"（retina screen），而且随时变换。而与此同时，那图像字迹和它"后面"的薄薄一层玻璃或是塑料板没有任何感性上的联系，实际上，琢磨弯曲屏幕、电子纸张的科学家们一直在绞尽脑汁，想让人们忘掉这些物质性的尾巴。在这个时候看《阿凡达》一类大片，或是面对《少年派的奇幻漂流》上大都由电脑制作出来的幻境，忽然有了更深的体会。

一旦"看"甩掉了"看"的条件，"看"和"行动"，或者说"眼"和"身"，便确切无误地携起手来了——跨过了一切老派的媒婆（想想"媒介"这个词的最初来源！）。如果从英国人威廉·伯特注册他的打字机算起，那把人类意念生硬编码转化为行动指令的键盘好歹也有二百年历史了，可在 iPad（以及它的表哥表弟们）这里，它们有被淘汰的危险，尽管冰凉的玻璃模拟真实触感多少还原始了点，可是它离真正的身体快感"×"（乘）眼睛愉悦已经迈出了一大步。这里"窗"的尺寸真的是个关键，大多数主流的平板电脑都在逐渐缩小，从最初的 10 寸变成 8 寸，而原本袖珍的信息工具——智能手机——倒开始放大，也许就是在寻求一个合适的眼光和身体的平衡点。它既不至于让一个观看者觉得自己全然是置身事外，又要有起码的视界（Vista）。获得对客观世界总体的、外在的认知。它让一个观看者对他的"窗"有了更个人化的、更"切身"的控制。

"窗"显然兼有大屏幕和无底洞的特征。在这个阶段，它也许尚不是先前人们心目中无声无光的"黑洞"，吞噬一切意义的所在，而是英国物理学家霍金自己改良的"灰洞"：在此，物质和能量在剧烈的时空波动中被转换成了另一个世界。应该承认，是人们自己选择了钻入这样的洞中，如果陶渊明的时代有如此伟大的发明，恐怕桃源仙境就会是二进制了！

就在出国赶上使用 Email 的早班车时，我还在庆幸，作为一个留学生，有了这样的工具，就可以从容地和别人交流，字斟句酌，而不必担心当面说话的压力了。殊不知这也带来了我迄今不能克服的口语障碍，而且，我发现，这样的"便利"只会让一个内向的人更加怯于真实的交往！在 80 年代出国留学的老一辈留学生没有电脑和互联网的帮助，有时候反而会有更深入的异国生活，而近来络绎而至的中国年轻人,他们更容易从公开的信息管道了解西方,也和国内的生活通过社交网络虚拟相接,似乎是因为从来不曾真的"离开",他们在文化交流这方面倒是变得更封闭了。

"灰洞"中的世界还在一个看不见的隧道中变化着,使人们看不清它明天的模样。某项科技发明到来时,人们往往把它的功能推向极致,而忘了它代表的需要,那结果就好像在旷野上瞎跑的孩子,在他能追得上风之前,风向却已改变了。在我不长的生命区段里,这样的事情已经屡见不鲜,使人不禁好奇不可知的未来,"看"仅仅是为了看得更清楚吗(像素、尺寸、分辨率、逼真的程度……)?而更高档的"触摸"又将把人们的手指导引向何方呢?

据说,早先的收音机生产商很长一段时间都在孜孜不倦地改善他们的产品,方法是把收音机做成高档家具的样子;电脑一直也在寻求将它的窗口变成某种阿拉丁神灯,看到什么,立刻就会有什么。3D打印或许就是在这种思路下应运而生的,智利科技公司Thinker Thing宣称,电脑可以连接人脑和真实的世界,通过脑电波,它帮助建立起思维的模型,戴上一个脑—机接口耳机,大脑的活动就会发送到3D打印机,打印出心中"梦幻般的生物"——可是真正的思维"模型"是那么容易想象出来的吗?(思维是三维的吗?)每项新技术都会被通俗的想象反复蹂躏,很容易就忘掉了这么一个事实:大多数"功能"并不是满足了现有的"需要"而是创造和定义了新的"需要"。

设想将来的这么一幕,他/她是那么专注地抚弄着眼前的这个虚拟图像,可以用手、脚、嘴唇,乃至身体的任意部分……然后就可以如愿得到他/她需要的一切,而无须求助他人。面对这种可能,上岁数的人可能会蓦然想起索尼公司发明的、鼎鼎有名的随身听(Walkman),戴上耳机,塞进磁带,"Walkman"有两个显然的作用:1)提供音乐,歌手本人的替代品;2)提供无音真空,一种真实环境的替代品——我来了,可我与你们无关!

小小电话不断引起人们对于"新"的期待和想象,也引起下意识的恐慌。当人们如此依赖于"新"的时候,不能不对它未定的身份提出质疑:

- 习惯了操作系统设定的知识结构,一个人还会像老一辈那样查字典吗?
- 从屏幕上阅读会不会影响视力,甚至降低人的阅读能力?
- 长期处在wifi环境里会不会受到辐射?

…………

其实"新"又是在化学反应里不断轮回的,类似的憧憬和恐慌历史上都发生过,20世纪初,甚至文艺复兴时期的某些设计和用品现在看来没准还很时髦,有时纯属一种心理和文化的错觉。乐观地说，看似虚无缥缈的"新"也许不是进化的"功能"，而是积极的社会"需要"。从习惯的文体、衣着、生活、意识形态里抽身而退，是保持健康心智和生命意识的一种办法。

虽然绝非那种一味"怀旧"，作为一个既在纸张的文化里浸淫也乐享电子阅读的人，一个同时有过工科和文科教育经历的人，我在坠入梦境的同时，多少还意识到了这种转变前后的由来，就像一个被催眠的人还保留着最后看见的那个人的印象。我既看到人们使用真实的文件夹也在虚拟空间里制造文件夹；我看到学生们娴熟地在他们的电脑上 Ctrl+Z（重置）他们的工作，却发现有时生活中的某些事是不能 Ctrl+Z 的；我甚至也看到我的小侄女自从随着 iPad 长大后，看到任何发光的玻璃——比如灯箱——都想去"触摸"一把。

这，恐怕是比计较视力的好坏和辐射的高低更重要的。

我的一位朋友——他本身就是资深的 IT 工作者——的话最为发人深省：我们生活的这个时代还远没有结束，对一个不会醒的梦，我们只是"乐在其中"，我们还没法从一个长时段看这样不对称的问题：

梦，如何能够改变历史？

康桥奇人

康桥——哈佛大学所在的小城市剑桥（Cambridge）的另一个说法——有很多奇人。"奇人"不同于那些本来已经不俗的"潮人"，比如挎着各种名牌的中外显贵子女，偶然进下图书馆进修充电的电视台名嘴；也不同于神龙见首不见尾的"名人"，比如在这里"潜心学习"的企业老总和国家大员。不容否认，上述很多人的人生经历已经足够让人咂舌，其中也不乏上天入地叱咤风云的主儿，动辄登上《环球》《时代周刊》。

——这里我要说的，却是另一类人，他们的生命有声有色却默默无闻，是《世说新语》中一类角色。

"奇人"是个体的"人"，更具体、鲜活，最终却湮没在灰尘之中，正史不会记载他们，顶多只是草草记载了他们"正经"的一面。应该说，随着人们创造新闻的意识逐渐增强，这样的奇人奇事现在是越来越少了，它们不同于新生代津津乐道的"八卦""狗血"，后者有时候是纯然炒作出来的，蓄意的"有意思"反而是

"无聊"了。而在极少数的情况下，天然天生的"奇人"，或许属于这个世界里不尽然协调的部分，他们有价值的地方不是为了创造更多的意义，而是沉闷的现实里短暂而难得的"无意义"。

我见闻的奇人，很多不是时下时髦的所谓"成功者"，有时反而和这个称号渐行渐远。比如我的导师曾经多次提到过他在哈佛的一位中国同学，读了若干个方向不同的 PhD，依然没有停止的迹象，真是另一种"专业学生"了。据说就在我们已经赴美留学的时候，此君依然在某校就读，作为"文革"前后成长的那一代年轻人，他也许是由于曾经的严重营养不良，反而练就了不知餍足的胃口？

这样的人还有我最早认识的美国大学中国研究生 Z 君，他曾经获得两块国际奥数金牌并且被保送到北大和哈佛，最后，却没有像他的那些伙伴们一样把青春贡献给华尔街，而是在学术的道路上追随自己的直觉而"不知所终"了——你瞧，别人都是越读越高端，像炒房团一样抄底，像 GDP 一样攀升，谋求了一大堆金光闪闪指望来日增值的称号，他却不停地转往那些自己逐渐发生兴趣的方向，把名校的牌子丢在脑后，可最后的选择未必有好出路，甚至也谈不上换取一块有分量的文凭。

未能免俗的我真心地钦佩他们两位，这些大道独往的人不好叫"牛人"，叫"奇人"可能更妥当，他们绝对有智力，甚至智慧，但并不是用在和这个似乎已经堕落的世界较劲上。

或者，"奇"是指某些本来已经很传奇的人物身上不落窠臼的一面。说到这儿我总想起一位老教授。在华人明星教授云集的麻省理工学院（MIT），他很可能不是最有名的一位，也没得过什么我们听说过的诺贝尔奖、沃尔夫奖什么的，但他却在这所本不缺创造力的学校搞了一个有趣的发明中心，并自任主任。印象最深的故事，是他有次举办了一个全校师生创造竞赛，每组给些普通的模型工具和材料，小刀、铅笔、木片、橡皮筋之类，要求尽可能地利用它们做出一辆小车，无论何种方案构思，跑得最远的胜出。他自己小组的成绩本来位居第二，最后却出奇制胜，荣获冠军。老先生最爱的，是在故事的结尾卖个别人不可能窥破的关子：

> 你猜猜我们还用了什么？材料眼见都用光了，木片橡皮筋做了小车的驱动装置，铅笔的木杆儿做了结构……

最后没人能猜中，他便很得意地公布了答案：

> 当然，还是铅笔啦，铅笔的木杆儿用上了，笔芯不是还没派用场吗？我把笔芯磨成粉末，给轮轴加了点润滑剂——就这样比第二名跑得快了那么零点几秒……

在有一次的"康桥新语"聚会中，有人请他讲讲他对儿时北

京的印象。以老教授特有的欲扬先抑的派头,他操着民国味儿的京腔,不紧不慢地开了口,一开口便是语惊四座:

我印象最深的是八大胡同,就是北京的"红灯区"……

众人一时无语以对。过了一会儿,他才解释说:

当然了,我的意思是说,我的那帮兄弟们总爱去,我就不爱去!

他并不是我要说的故事的主角。一想到康桥的奇人,我情不自禁想说的,还是身边的另一件事。

有一天,我在工作室里正忙得七荤八素,有位同学神秘地对我说。你不是对电影感兴趣吗?建筑学院这儿可就蹲着一位电影界的大神!我带你瞧瞧去?

多年之后提起这一幕的时候,我脑海中总会浮现出难以忘怀的一幕:主人公,一个有着非常独特姓氏的神秘女士——姑且称她为 Ms X,端坐在设计学院计算机实验室的桌子旁边。她的形象你一看就忘不掉,因为她长得也许不能说是触目惊心,但至少是未老先衰吧,总之有点"困难"。她的穿着也属于那种……总之,在这个人来人往的地方,见惯了各种风度翩翩、谈吐得体的名人、

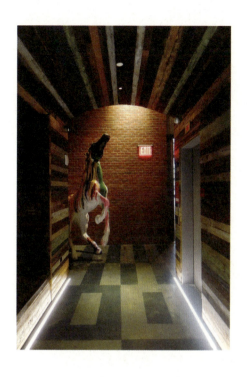

11-1 曼哈顿中城洛克菲勒中心附近 | 11-2 纽约东村某旧建筑改造的酒店

11-3 芝加哥摩天大楼上孤独的眺望者

牛人和潮人，你怎么也不会把她和某些时髦的事情联系在一起。

而且，她的面前总放着一个麦当劳的外卖口袋，一杯超大的可乐。我一直怀疑那到底是不是一个能变出薯条的魔术袋，因为每次经过时，都看见她似乎屁股生了根一样一动不动地坐在电脑前面，一只手指在键盘上敲击，而另一只油乎乎的手伸在纸口袋里，一进一出，像是我们熟悉的某种动画片里的动物角色，纸袋里的存货好像永远不会枯竭。电脑有那么吸引人吗？据说国内网吧常常有上网上到暴毙的主儿，看到她我相信了，她好像就是电脑间的一张从不更换的墙纸，稳稳地贴在那儿。设计学院的电脑是哈佛大学所有学院中最好的之一，都是苹果公司赞助的最新款而且定期升级，加上进出设计学院无需学生证，一部分电脑也不用用户名和密码登录，难怪很多因故没法使用学校公用电脑的人都来这里"蹭"了。可是，混在康桥的人大多胸怀大志，也不至于为这么点小便宜天天赖在这不走吧。

这么一形象的人实在是和好莱坞的各种传说太沾不上边了，尽管如此，我还是将信将疑地挪了过去，尽量避开她身上那股子说不出来的味道——"听说你也是搞电影的，而且还写过剧本？"

她表现得特别平静，不得不说我是突然被她的气质折服了——虽然不是寻常的情和理，但是却不寻常地"合情合理"。

没什么特别的，我并不是电影专业的，就是生长在加州，和一些搞电影的住得比较近，对他们干的事情比较感兴趣。

多么低调的也是我期待的回答！后来我才明白她话语中的某些"设置"，比如"非专业"，比如"生长"，比如"邻居"。也正是在这里，她最终露出了"马脚"。

"那你认识斯蒂芬·金吗？"（斯蒂芬·金是我建筑史课老师最喜欢举例的通俗作家，那些日子正在为了上课恶补他的幻想小说）

我不认识，不过我常常去康妮那里。

天哪，难道你和昆汀也熟？

她并没有正面回应我的所有问题，但是她的言语之间，时常不经意地提到一些如雷贯耳的名字，不仅有人名还有地名，不仅仅是电影还有IT世界，都和西海岸激动人心的画面有关，它们共同织出了一张想象的网：帕洛阿托（Palo Alto），那正是斯坦福大学的所在地，美国西部唯一不逊于康桥的所在；山景（Mountain View）市，史蒂夫·乔布斯他们就是在那儿的车库里搞出苹果计算机的，据说，乔布斯也是一个怪咖，而且罕见地对于搞电影的不屑一顾。Ms X 成长在帕洛阿托但在山景市住过一阵子，在那儿她认识了现在依然和她频繁通信的康妮，我甚至都知道康妮的名字，因为她是斯蒂芬·金的御用插画师。不用说，这些有才能的人总是混在一起的。光这些名字本身就是一个有趣故事品质的保证。

"我和昆汀不太熟，他的好朋友 Ms Y 是我的好朋友。"她同样平静地回答。

一般情况下，对那些大伙都认识但是未谋其面的人，我们一般都是称大名，以表示亲切。像昆汀·塔伦蒂诺这样拍过《低俗小说》《杀死比尔》的大牛，估计看过几部电影的没有不知道的吧，Ms X 聊起他的表情就好像自己的发小一样——从她说的人事关系而言，确实还真有这可能性，因为康妮和 Ms Y 的创意都在昆汀的电影里出现过。昆汀的电影中正是有很多奇人，他们没有上过什么劳什子大学，但有的是各种奇怪的想法，以至于你在康桥还怀疑他们的存在都会有点不好意思了。

首先，我必须承认自己的弱点所在，所谓苍蝇不叮无缝的蛋，那些见都没见过的人和事之所以能钻进我的心里去，自然是因为我早也梦想着这些东西。30 岁之前，我好像对所有时髦的玩意儿都感兴趣，当然，也包括使人想入非非的电影，在看了一堆碟片录像带之后，白日做起了电影梦。直到现在我依然相信，人毕竟是要有点什么幻想，这并不是什么坏事。

那你后来为什么没有学电影呢？

面对这样的问题，她依然是微笑不语的样子，既不十分肯定，又是胸有成竹。现在，这张并不中看的脸上的微笑都有点迷人了。

说来话长，我以前并不是学电影而是学计算机的，然后，我就给很多有名的电影做电脑特效，后来我迷上了考古人类学，专门从古代人类体质的角度研究优化建模的技术，好让电影里的人物动作更加流畅自然。斯坦福的 SSS 教授还健在的时候，我经常旁听他的课。

我甚至都忘了惊愕了，只是久久地张着一张合不拢的大嘴。

因为她说的全是半真半假，SSS 教授是一个奇人，他是《指环王》里为数不多的一个并没有半点 IT 背景却被请去做特效顾问的人物，这一点熟悉这部电影制作内幕的人们都非常清楚。但是，她到底有没有见过昆汀，像这一类的事情我是完全无法质疑也无从验证的——后来，我认识了远在洛杉矶的剧本作家 Ms Y，并时常通信交流，根据 Ms Y 的介绍，至少她看上去也认识 Ms X（后来我才想到，其实 Ms Y 也是像我认识 Ms X 一样认识她，并成为不熟的"朋友"的）。Ms X 有点像是个社交网络达人，远在 Facebook 这类东西还不存在的时候，她便可以满世界地找到各种有趣资讯，转来不同朋友的联络讯息，虽然总是蜻蜓点水，但是它

康桥奇人

们却可以自动地在你心中编织出一幅美妙且奇幻的图景。值得注意的是,这也许是那里社会的开放性的某种反映。正是因为人们心目中很少有盖着公章的"介绍信"的存在,才不会有各种各样的"怀疑"。

毕竟,这种交往并没有骗财骗色的成分,也不曾跨出一步成为任何实质性的"合作",谁会认为一个正常人会拿这种专业讨论当作日常无聊的消遣呢?

自从相互认识了之后,Ms X 时不时地带我去大学里各种我闻所未闻的地方,让我如入宝山。Ms X 热心地向我普及各种前沿学问的常识,她最常说的一句话就是:这玩意儿简直是棒极了!(That's really cool!)然后就滔滔不绝地读起它的介绍来,使我啧啧称奇,感到能碰到这么一个神人实在是我八辈子的福分。说来也巧,当时,我正在不务正业地攒一个自己的电影剧本,如果不是后来发生的一件事,我几乎就已经把自己的劳动成果交由她"合作"了。

说来这还要感谢美国严密的知识产权制度,在电影剧本的领域里,并非什么人都能随便地接受别人的作品,如果要被认可,需要经过一套严格甚至是苛刻的推荐程序。那有点像是古老而神秘的秘密社团,你不经人介绍休想加入这样的社团。但是你要想有一个介绍人,你又得至少认识那么几个圈里的人,因此,在迈出第一步的时候,一个做电影梦的人似乎就只能等着碰运气了。

我碰到的电影贵人似乎就是她了。她虽然满口答应给我写封推荐信,我忽然想到,好歹也得看看她以前的作品,才能在申请作品代理的时候做好自我介绍。可是搜索这样一个神奇人物的姓名,在网上并不能得出什么确凿的、有内容的结果,这让人感到很是意外——她的姓氏看上去很特别,像是东欧贵族的后代。别说她有过叫得响的创作,就算是在好莱坞的派对上出现过几次,也足以在信息的茫茫雪原上留下搜救犬闻得到的气味了。后来,我发现了这里面的蹊跷,就是在每次录入她的姓名时,她在中间加了一个很不起眼的空格。只有有一定网络知识和熟悉数据搜索机制的人(他们中间的大腕儿比如泄密王爱德华·斯诺登)才能注意到这样做的意义。

当我沿着这条线索往下捋去,有了此前意想不到的发现。

在西海岸,有个学校的网站,类似于专业人员的兴趣小组,需要注册的人交代身份信息,否则就不能成为会员,在这里,她简短地留下了她的个人情况,可是"来自"一栏,赫然是"康桥"(Cambridge)。

直到最后我也没法求证,原本号称在加州长大的 Ms X,为什么突然又在东海岸的康桥重生了一回?我设想最可能的一幕,是她需要对她在西海岸的那些小伙伴说:"……我的父亲任教于 MIT 的人类学系,所以从小就对这一领域产生了浓厚的兴趣……"

终于，我对她的来历产生了怀疑，虽然一时还想不明白其中的奥妙，但是我的理性分明告诉我，她并没有任何"硬证据"证明她的神奇所在。她更没有像我们那样，每天至少熬到半夜3点以后，好应付各种实实在在的课程作业和设计项目（虽然白天在那儿一动不动，她在晚上10点以后就从电脑间消失了）。

那么，支持她高大上爱好的实际能力在哪儿呢？

这一天她兴冲冲地告诉我，"雷德克里夫"（Radcliffe Institute for Advanced Study）又有了动画电影的新设备。"雷德克里夫"是一个新近并入哈佛的学术单位，财大气粗而且非常有趣，它极度吸引我的教育宣言本身就像梦幻一般——"转变性的想法，艺术、人文学科、科学和社会科学的融合"，有点类似于MIT的发明创造中心，站在人类思想的前沿。可是说来也奇怪，一旦我有了丝毫的怀疑，眼睛变得也比以前明亮多了。我不再只是关注新事物，而是注意起了新事物和介绍人的关系。

去之前，Ms X说，那个超豪华的3D实验室的主持人是她的好朋友，她还在那里带一门电影动画特效的课；可是她低着头溜进教室后排的时候，分明只是和实验室主持人说了一声老少咸宜的"嗨"，实验室的主人也只是简单地打了一个路人水准的招呼——很可能，主持人就不太认识每一个学生，我立马主动对实验室主持人说了一声你好，他头也不抬地同样说，嗨。

我的心里好像明白了什么。我终于鼓起勇气对她说:"请你给我示范一下这个软件的用法?"

她回应的方式是新的一轮啧啧称奇,"太棒了!""这个工具真是超赞!""你知道特效大师xxx吗?他……"

我很坚持地说,"稍等,我就是想看看你怎么用这个软件的,做个简单的示范也可以。"

她看了我一眼,眼神里似乎有一丝我从未见过的慌乱,嘴里像是嗫嚅着什么。然后,她手里的鼠标就漫无目的地移动起来……

她依次选择了工具栏里的新建、打开、关闭按钮,然后,又似乎是随便地点击了工具箱里的几个图标,口中依旧念念有词。

自然,最终Ms X什么也没有鼓捣出来。

后来,我一直在想,是出于什么样的目的,让她终日厮混在康桥的呢?在东岸的人们面前她说她是西岸来客,而在加州又自称是新英格兰的土著。通过各种越来越明显的破绽,我确凿无误地认定这位"奇人"或许也是某种"畸人",她的"表演"并非一时心血来潮而是"入戏很深"。要知道,在美国这样一个高度"体制化"的社会里,存心开玩笑也是要付出高昂代价的,除非你真的混在路边成了一个沿街乞讨的流浪汉，否则，仅仅是在康桥这样一个寸土寸金的地方找一间屋子过夜，那就不是没有稳定收入的寻常人可以长年承受的。

我并不愿意简单将她称之为"骗子"，毋宁相信她有着不为人知的目的和原因，也许，她在导演一出电影《真人秀》(*Truman Show*)那样的故事，让她的生活成为一出和现实难分轩轾的大戏？至少，她的才华也体现在了这方面，以至于一般人都看不出来。忽然，我想起早年就读于北京的时候，流浪在学校周边的人也有类似的情形，现在，这些人中甚至也不乏成名的人物，他们一些稍微有悖常情的举止，常常可以用生活本身不能容纳的原因来解释，用他们常说的话而言，是为了"追逐理想"。通常说来，对于有关"理想"的故事，人们是无法拒绝也不情愿质疑的———旦这种质疑得到某种程度的验证，对于"理想"本身一定是不小的伤害。

有时候，我也会想，尽管她很可能并不认识昆汀·塔伦蒂诺，但她会不会真是昆汀电影中的某类高人，"事了拂衣去，深藏功与名"呢？

还有，设计学院那么多人，为什么唯独是我跑过去和她搭讪呢？恐怕，我也正是一个对"奇人"有着不恰当幻想的人。

哈佛购物指南

谈及海外生活，不提到"买东西"是怎么也说不过去的。虽然"血拼"现在已经成了一件大俗事，可是它也恰如其分地说明了这个时代的巨变——古人教育我们说"衡门之下，可以栖迟"，用大白话说"穷日子穷过"——今天这种鬼话大概是没人信了。在美国的生活，首当其冲，既让你明白了什么是"钱"，也让你明白了什么是"物"。在这个足夸"品类之盛"的时代，在世界各地的平常商店一逛，实在是胜过读十本深奥晦涩的哲学书。

朋友们也许不能想象，像我这样一个混迹于学院的人，在北美多少年来的"文化生活"其实大半却是在商店里度过的。那可不是，在枯燥而且折磨心智的学习生活之余，花钱买到一点什么，拥有几件对穷学生而言的奢侈品，暂时陶醉在新出的电子商品的愉悦里，大甩卖淘旧货感觉赚了不小的便宜……这些都似乎是最便捷的获取成就感的方式了。其实我一直觉得"文化"本身并无高下之分，研究中亚史索隐《红楼梦》并不天然就比琢磨折扣券的来历高明，只是，和博物馆之类明晃晃地"文化"着的地方比起来，商店好像实在是够不上精神档次。

直到有一天我在建筑学院读到一位老师的书，才算是对"购物"有了新的看法。

因设计中国中央电视台大楼——俗名"大裤衩"——而毁誉参半的他，是荷兰建筑师雷姆·库哈斯，2000 年的普利茨克建筑奖获得者。很少有圈子以外的人知道，他曾经和自己的学生合编过一本书，叫作《哈佛设计学院购物指南》——诸位看官千万莫误会，这本书可不是介绍在哈佛大学的校园能够买到什么。但是将哈佛和购物结合在一起，乍听起来是有点意外的，学问追求的是精神产出，购物是沉醉于物质的世界，两种标准似乎格格不入。然而库哈斯别出心裁，他认为购物就是当代生活的一切，因此需要严肃的哲学思考，甚至这个世界的其他"高大上"领域，像政治、宗教、学术也不例外。作为一个需要践行实际的建筑师，他甚至提出了购物空间的模式在城市中的其他用处，比如可以垂直往上也可以水平移动的"电动扶梯"，方便了脚不点地的左顾右盼，既可以是购物商场的标配，也可以用于电视台、博物馆，在建筑师的很多作品中都可以看到它的踪影。

资本主义文化的要义就是打着"发展经济"的名义无所不在地"销售"和"消费"，一点都不让人意外。但库哈斯不仅仅是将皇帝的新衣脱了下来，他想证明的好像是这件新衣有益身心，购物和"精神"其实大有关系而且不折不扣是一种"精神病"。（他对"精神病"的欣赏有点像是那个段子："自从我得了精神病之后，整个人精神多了。"）这似乎并不是完全没有道理，今天城市的公共空间很多都是起源于"销售"，比如，西方国家的市政厅同时也起源于它的市场，两种看上去不甚相容的功能在历史上其实是彼此反转的，对于利益的追逐在一定程度上也培育了公共空间，而且因为利润的原因，它们通常可以比其他的空间得到更好的维护——比起那些纯粹需要精神自觉的公共空间（比如博物馆）而言，这些空间的成活率更高，让你备感人气和活力。尤其使人赞叹的是那些大型购物中心，货品便宜到令人发指的程度，连吃带喝，加上贴心的娱乐，照顾小朋友的临时"托儿所"，简直就是一家子周末的最佳去处了。

如此看去，这样蓬勃的去处怎么也不该门庭冷落。可是，让初到北美的我们意外的是，城市的卖场周围常连个人影都看不大见。这里面当然有严酷气候的原因，但是，我们对于资本主义世界的城市多少有些误会，它实质上的热气腾腾并没有像《清明上河图》那样，浮在视觉经验的表面。

我在芝加哥的冰天雪地里看到的第一家店是沃尔格林（Walgreens），并不算什么"特色"，也不大成"规模"——关键是我们的社区里只有沃尔格林。说起来，当我抵达美国的时候，这家大型便利店模样的连锁店也有近百年的历史了，而且它就是一家由本地人始创于中西部的品牌。一开始，这种"药店"都是名副其实的小本零售，只是从生产商那里批发来不算特别有档次的物品，提供附近居民的日常必需，其中最具特色的专项就是处方和非处方药——在这个层面上它更像是沟通生产和消费，或者看不见的基础结构和日常生活之间的一种社会机制。慢慢地，"店"反过来带动了"厂"，销售主动定制了生产，通过把握批发定价上的优势地位，连锁商场开始为自己打造专属的商品货源，早期的沃尔格林最著名的一招就是卖冰激凌。在20世纪上半叶度过童年的很多芝加哥小伙伴，想必对沃尔格林柜台里的美味都有着刻骨铭心的记忆。

据说，真正的"购物"就是从这个时候慢慢开始崭露峥嵘的，"药店"尝试着卖点与它的身份不尽相符的东西——比如酒。理解这类购物模式的成功并不完全出于经济学原理，也需要你理解一点整个资本主义社会的物质肌理。在20世纪的那个时候，北美基本生活之外的享受并不是那么普及和丰盛的，相反，由于普遍的"清教伦理"，在一些消费的项目上还显得非常保守，与当时蓬勃发展的生产力显得极不相称。美国20世纪早期颁布"禁酒令"的前后，也是沃尔格林这类连锁店大获成功的契机，其中的主要业务，就是这类能让生活增添一点必需之外的乐趣的"奢侈品"，甚至冰激凌也不例外。

如果说贪图享受的人性古今略同的话，不同的空间和时间才是定义"奢侈品"的具体条件。和其他的老牌商店一样,走过一百年的沃尔格林已经经历了好几次经营模式的挑战了,无论哪种其实都不利于实体层面的商店活到今天。在无往不利的跨国公司兴起之前,大爷大妈式的小店铺(Ma and Pa's)挑战"享受"底线的能力还有限,毕竟,资本主义城市的租金和运营成本不允许个人开设规模稍大的商店,从这个意义上看,面积不小又不收购物"入场券"的沃尔格林能够在各大中城市遍地开花简直就是奇迹,怎么看,这样以日用品为主的"市"也够不上"门庭若市"的水平;再者,我到美国的时候沃尔格林正好又遭受了另一次生死存亡的挑战:那是电子购物蓬勃兴起的年代,早在20世纪末互联网络红火没几年,很多学生都已经习惯收包裹了。在我那个时候,很多会省钱的中国学生去社区的大型便利店只是为了看看实体的商品,然后在网上选择价格优惠的邮购,个别比较损的还会先"试用"一下,然后在退货期之前把东西又还给商家——如此一来,花钱维护不小的店面、经常24小时接待顾客的沃尔格林可算是亏死了。

可是,沃尔格林竟然闯过了这一前一后的两道难关。

其中当然有些特别的原因,归功于深悉"销售科学"的商业专家精打细算。很多东西,比如衣服鞋子这些需要对上个人尺码的东西,是不容易网购或邮购的;比如,有的吃喝用具常常是让人临时起意,难以提前储备的;又比如,有的商品毕竟还是太过于细小，像买个别针，一把指甲刀，为本身就不是很贵的东西多花几毛钱，不是什么太大的事情，也犯不着上网去折腾一把消耗原来就不够用的精力。沃尔格林常常提供些回邮折扣（mail-in rebate），意思是顾客把折扣券和商品的条形码一起邮寄回去，就可以省下一笔钱，可是大多数购物狂在整理发票的时候往往没那么细致和耐心，一群人中只需少许人犯几个错误，未能退掉的折扣就已经为以逸待劳的沃尔格林赚取了可观的利润——这些马大哈眼中看到的是便宜货，其实他们从来也没有核对过信用卡上的账目，最终付的还是不便宜的价钱。

但有关沃尔格林的世界哲学远不止这些，在《哈佛购物指南》中，建筑师关心的万能的消费空间的意义，也不可以纯然归于"一根筋"的理性。沃尔格林的定价其实不太实惠，它所提供的货品也谈不上多么丰富多彩，但在我最初就学的海德公园，这家店的生意却始终兴隆，就是半夜也经常看到三三两两的顾客在其中游弋——他们其实并不是在"买东西"，而是在"购物"，货架上早就不止"出门七件事"了，就算是"出门七件事"，旁边也提供了远远多于必需的各种选择，让人一下拿不定主意买什么。家里的盐用光了，出门十分钟买回来本是个简单的事情，可是你蓦然发现，实惠的旧牌子老包装固然还在，旁边多了各种小瓶子的新品。它们要么添加了什么对你的身体有点额外好处的成分，要么有个获了什么专利的新式瓶盖，稍微转上那么一转，就能够准确地控制你炒菜时的不同用量——像是怕你还不能下定决心，干脆

12-1　1956 年建成的 South Dale 中心预言着 20 世纪后半叶购物空间新的发展

12-2　1970 年左右的哈佛广场

12-3 2006年左右的哈佛广场　　12-4 纽约州白原市中心购物综合体

再送本书给你瞧瞧:《巧用调料美食指南》。当然,小瓶的总价一定和大罐的持平,而单价则贵得多——你完全不能指责商家多赚你一块钱的狡猾,因为这些不同的选择往往是以"改善生活""提高效率"的面貌出现的。

不要说一个心智不够成熟的闲汉经不起这种无声的教唆,就是那些习惯深思熟虑、常有明智洞见的学者们也不例外。一位我很敬仰的前辈学者A,在他身后有机会整理他的个人物品的时候,我发现,A生前在他家门口的沃尔格林购买了大量文具,仅仅活动铅笔就有七八种之多,似乎远远超出了实际的用度之需。有的软质铅笔价格便宜也容易损坏,活泼的图案像是给小学生使用的,不太符合他名校教授的身份;也有考究的笔,更像是圣诞礼物,使用纤细的特制彩色笔芯,就要比前者贵出好几倍的价钱……这些铅笔不是一支一支放在抽屉里,而是一打一打地躺在他家书架上的一个大木头盒子里,大多数甚至都没有拆封。A的太太总感慨A把太多的时间用在了学术研究上,一辆崭新的福特车买了好多年只开了几千公里,读书读得实在闷了,A夫妇就好去包括沃尔格林在内的社区商业中心购物消遣,女主人喜欢做个头发什么的,男主人只能在文具店里打发点时间——"多余"的时间正是"多余之物"的来源,联想起他太太的感慨,A看过的书上那些或粗或细的活动铅笔线条也就说明了问题。

我之所以能够对这种境况感同身受,或许是因为我自己的生活就陷入如此的境地之中。海德公园所在的芝加哥大学是一所以潜心于精英学术而著名的学府，学校周围并不欢迎过于兴旺的商业氛围；在20世纪70年代，大学更是推动重新规划了自己所在的街道，和一般开发的逻辑背道而驰，它"令人发指"地驱逐了很多不错的商店和餐馆——有着清教徒式洁癖的美国华人建筑师贝聿铭正好是这个项目的参与者之一。如此一来，周末的时候无甚消遣，平时想要在课间寻找一点别样的乐趣也是不太容易的。大多数家门口的小店都显得无精打采，萧条的样子是开一天少一天的感觉；只有实力较为雄厚的沃尔格林还坚守在海德公园，24小时开门，仿佛绝望的汪洋大海之中的一只游泳圈。与此同时，呼应着更大的市场和货源的律动，沃尔格林一定时间就会自动更换货品，推出新的促销计划和折扣方案，使得那些在学业压力和个人出路间进退维谷的穷学生感到精神一振，好像是生活突然有了什么新变化。在没有与更大更新潮的商店比如标靶（Target）为邻之前，这里对我们而言已经像是天堂了。

商店并不会消亡是因为"购物"本身的魅力，这种情不自禁的魅力，或者说，某种在无意义的物质生活和枯燥的生活"意义"之间求索的消磨，并不能将你的精神送上超越之旅，但是它也不容忽视。一个在寂寞中度日的人对于"购买"慢慢从陌生、抵抗，变成不能自拔。

开启"购物"秘密的，究竟是商品？是商店？还是别的什么东西？一个流传很广的神话，说只有女性才爱好"购物"，一家商店中的商品从成衣、口红到家用防滑垫大多数都是"阴性"的，库哈斯的书试图打破这种神话——也许在购物中心确实更多地看到这样的场面：愁眉苦脸的丈夫和男朋友们等着他们的女伴拎着大包小包出来……但是假如把"购物"的范畴扩大到一般的情境，"逛街""选择犹豫""多余买入""腐败""刷卡"的消费病症候并不特别青睐女性，而是存在于男性和女性共同的社会心理中，男性并不如他们自己认为的那样，对各种"品类之盛"绝对免疫。"高等文化"的博物馆中，汪洋大海的信息对一个求知若渴的知识人的挑战，竟然和商业建筑对男性的心智和体力折磨如出一辙；拿着各种打折卡穷游文化经典的"小资"和陪太太逛商场后丈夫们的疲惫也异曲同工。这便回答了上面所说的问题：商品本身没有男性和女性的区分，甚至高档和廉价的区分也是相对而模糊的，顶多是每个人的兴奋点分布不同而已——就像老教授 A 和他的太太周末各自的去处一样。

既然不是"商品"，那么就是"商店"。日新月异的商业空间引起了现代购物者格外的注意。按照《购物指南》之类的研究，人类最早的大都会卖场，大多是类如今天"销品茂"（Shopping mall）又等而下之的大棚市场。1858 年，罗兰·梅西（Rowland H. Macy）在纽约的第六大街 204 号开办了一家以他的名字命名的干货店，开创了一个购物空间的新纪元。"梅西"不仅首创了"甩卖"（undersell）这样的销售模式，也推广了各种只有现代社会才存在的购物空间样式,比如眼巴巴的"橱窗购物"(window shopping)和艺术品一般的陈列方式,对城市平民的欲望与想象有着独一无二的影响。在玻璃橱窗中摆放的"样品"不是售卖的货品本身,而是一个消费者前来"购物"的理由:从让一个小朋友一辈子都忘不掉的大型玩具,到各种可望而不可即的奢侈品,它们现在不是像"出门七件事"一样分门别类,而是整合在像宜家家居的样板间一样栩栩如生的场景里。你或许永远都不会住在这样的样板间里,但是如此充满幻觉的空间,却是你一次次从商店海一般的仓库里拖走你其实不真需要的小件商品的实在的原因——选择使你感到充实,它替代了梦想其实难以成真的焦虑:每天下班之后考虑是去"梅西"还是洛德—泰勒(Lord & Taylor),传统就是欧·亨利笔下麦琪舍不得卖掉的一头金发,而时尚则是妻子给丈夫买的金表,"爱"不过是两者从左手换到右手(《麦琪的礼物》)——这种幻觉之中拥有选择权力的自豪感,和罗马共和国公民们的投票权一般意义非凡。

"买东西"和"购物"之间的区别或许在于,前一种购物活动只满足生活所需,而另一种则创造生活本身——能够集成这种梦境的"空间"对于商业销售至关重要,这也解释了以上的现象:即使沃尔格林这样无甚光华的零售店也要负担一个起码的体面门面;地点不仅意味着品质和价格上的保证,还意味着一种索取与供给的同谋关系,重要的是消费的空间——这样的空间不是风格或实体而是结构与关系——变得比消费的对象更加重要。百货商店（department store）这个描述专门建筑样式的术语指向一个人工物的国中之国，我们再也看不到"大爷大妈式"小杂货店的老板娘和他们身后的运输者—生产者—原产地的社会关系链条，取代这一链条的，是所有货品皆可自动取得且有无尽选择的幻觉。借用《空间诗学》的作者（Bachelard）的比喻，这样的空间只是"形容词"属性的，因为买一件 Burberry 还是 Hermes 的衣服只是桃红柳绿的相对区分而无关生命之亟需，它跳过了绝对、基础的"名词"；由于不用劳心想象如何费力取得这些天南海北的货品，也绝不会去揣测它们何以能随心所欲组织在一起，我们也省略了"动词"的关系。

因为以上的跳跃和省略，从它出现伊始，现代商业空间似乎就在将自己送上一条不归路，它在创造生活的同时也在有意无意地抹杀这种生活的物理特征。购物空间往往是内向的，迷宫一般，而且没有一扇窗户；资本主义时代的购物"广场"和文艺复兴时期的"广场"截然不同，获得新的挑选自由的购物者被一种看不见的网络罗织在一起，"金融"作底，"文化"着色，这个意义上的购物空间不是一座徒有其表却不能进入的纪念碑，却也难以使人惬意、放松，即使那些最讲究的奢侈品店铺的体验，都似乎随时颠覆着建筑设计通常的"舒适"和"合用"标准，它在让人艳羡、觊觎的同时也让人心慌意乱，不知所措，只有最弱智的土豪才会对这里所暗示的虚荣浮华和得失计算毫无知觉。按照《哈佛购物指南》的观点，当注意力集中在物的关系而不是空间上时，购物空间整个就成了一本三维的产品图册（catalogue），产品的"货号"、条形码、扫描器、取款机、广告灯箱代替了入口、楼梯、厅廊、飘窗和外立面。

80年代的老留学生告诉我，那时候，他们初次看到印刷得像摄影杂志一样精美的产品图录，觉得不可思议——这么好的"读物"为什么居然是免费的？二十年后，当他们大包小包地把这些图录里的东西拎回国去馈赠亲友时，却惊讶地发现它们也渐渐在国内普及了，"折扣券""购物卡""会员卡"，慢慢成了这个时代的关键词，每个念想、计较、满足、空虚……的循环，就像完成了一次醍醐灌顶的顿悟，有《清明上河图》的洋洋大观，但比《清明上河图》更复杂精密。打折、甩卖——在铜锣湾、动物园市场，在西欧、北美，在迪拜的黄金商铺、日本机场的折扣小店——这竟是今日地球村唯一共享的世界语言，多年以后，难道这些就不会被写成我们这个时代的精神史吗？

（或者，一部精神病的历史。）

和她的丈夫不同，1930年代就来到美国的A教授夫人觉得这些并不是什么问题，她可是既逛过上海的永安公司也消费过伦敦的哈罗德（Harrods），她活得比这些老牌商场中的一些还要长。作为一个社会心理的研究者，她觉得不妨把购物看成研究对象，但也要充分地、坦然地享受它，就像她所经历的民国麻将桌上也留下了段段文化名人的佳话。看看两次大战期间和中国人同样处境的纽约犹太人,也许新生活的浪花也会转换为未来文化的源泉?"起于寒微的一代人……他们构成了城市未来的生活……不仅与这城市结缘,且知道如何从中获取最大利益……"她只是感叹,像沃尔格林那样的经济型超市今天已经吞噬了有着尊贵古典主义立面的百货公司的地盘,大卖场不仅仅见于中低档商铺也极大地影响了顶级商店给她的亲切感。如今的城市购物中心很少向街道开放(相反,它们多数有着一个共享的内向的中庭),在外面,廉价喷绘的图像的表皮遮蔽了空间曾经有过的人际的深度。

因此,A教授夫人并不厌恶商店,她甚至也不觉得网络购物是什么大不了的发明。她说,这种按图索骥的做法在她的年轻时代就已经普及了;她有点惆怅地回忆道,只不过那个时候要在"梅西"的产品目录(Catalogue)挑点什么东西,依靠的是打电话而不是电脑鼠标或者智能手机和拇指,打进电话的时候也不会是电脑录好的语音而是真人接电话,你都可以想象得到电话线那边笑眯眯的模样:

> 您好,我是斯薇妮,我要买英国牌子的开司米背心,货号123456,26支纱的那种,我的尺码你们经理玛丽安那有。

> 完全没有问题,下午给您包好了送到府上?

忘了说，除了寒酸的设计学院，哈佛大学其实是足够有资格印行一本豪华而且不要钱的购物指南的。它收着世界上差不多是最昂贵的学费，而且很多大学生们看上去也不太穷。在租金足够昂贵的哈佛广场，多少年来一直都有一家欧米茄（Omega）手表店，这么多年它不做广告也维持得下去，说明是不缺生意的。在热闹的学术中心，"商业"只能稍稍低调，但骄傲的欧米茄门店，和冷清的芝加哥郊区沉默的沃尔格林实质是一样的。

哈佛大学还有一个同名注册的"哈佛公司"。

跋

出发又是离别之始

因为长年在国内外奔波的缘故，一个人枯坐在候机大厅和火车站检票口是常有的事，这些文字便是在机场、火车站甚至灰狗车站（美国的长途汽车站——作者注）写成的。和一般朋友的误会相反，一度成为"空中飞人"的我，其实从没喜欢过"在路上"的浪漫与幻想，在二十年前跟随大潮"被留学"之前，我并没能预期到自己会在异域走多远，事实上，那年之前我压根就没坐过飞机。

在小时候，我印象最深的，是不断延伸向远方的铁道的枕木，以及公共汽车玻璃上不断变换形状的雨滴。

有天在检票口实在没事做，又怕不小心睡着了引来麻烦，于是试着统计下自己究竟都在哪些安检通道留下过身影，好像"数羊"一样为自己提提精神。这一下，倒是发现自己竟去过不下一百个不同的机场，上百个不同的城市，旅程主要是在中美两国，但也包括很多次欧洲和亚洲的飞行式访问。在国内,我一度在伊吾、集安这样不太为人所知的边城候过车船,曾经奔波在各种海拔的崎岖山路上;在国外也坐过极小极小的飞机,在茫茫雪夜中怀着一丝不安和期待,向着我完全不能想象的陌生终点颠簸而去⋯⋯

我的远行不是旅游,更不是为了博览世界风情而作的游牧,或竟是证明自己青春的环球冒险。事实上,我已经厌倦了在各个景点之间搜括记忆,对基于"异乡"的写作的态度也是这样。

那些在每处作千年一叹文章的,除了作者感情特别丰富,体力尤其充沛,大多数时候终是为了"到此一游"的立此存照而买门票;而如我这等浮光掠影,至多只能淘来些记忆的碎片,它们虽然栩栩如生,因为缺乏一张仔细研究过的地图,难以粘接成完整的生活篇章。典型的情形,很像我去过的某些有戏剧地形的城市,比如瑞士洛桑、韩国首尔、中国贵阳,黑夜中迷途的我常会毫无头绪地奔走,兜大大的圈子,我后来所了解的有关它们的事实,却和行走的直感相去甚远。有的时候,我很享受这种没有目的的漫游,在体力的消耗中,你毕竟可以感到与世界的一线亲密关系,但是,对于那些真正的日常人生而言,在路上的漫游者只能持续地环绕,而无法实地进入。

除去铆着劲儿作文化之旅的名家,普通人大概还都是怀揣着一毛钱的故事上路的,因为散漫的思绪,就有了同样散漫的空间和人生经历……如此不同的结果的耦合，造就了这样的我和这样的"在路上"，它们像《一千零一夜》里的迷宫，永远不会有唯一"正确"的、可以导向终点的门……

在我的写作生涯中，这本书算是相当特殊了，由于并没有太多的专业问题，而是涉及诸多的你我他，写作的时候需要藏头去尾，也不能务求客观。它更像是某种"喃喃细语"，记叙了昨日里确实经历过的人和事，反映了人生中某些实在的感悟，是一本"第一人称"的书。

固然书中有些为求生动而略嫌夸张的"故事"细节，"故事"所依据的却多半是现实，只是出于读者可以理解的原因，那些真实的故事的主人公我反倒无法细细诉说，而只能编排这些故事相对冷静的背景画面。这些故事发生的时间不一，它们对我的意义也可说是一种特殊的"漫游"经历，其中并没有涉及太多具体的"旅行"，不过它同样是一本关于"出发"和"离别"的游记——穿行于生活的各种时空和断层之间，同时具有真实和主观的方面，因此这本书是地理的，也是人生的。

写作的起点源自现实的和思想的"异邦"。虽然描写"文化震荡"（cultural shock）的书已经太多，借用这个比喻，我依然想执拗地说明去往异国对于一个中国青年人的人生所能发生的意义。18岁上大学之前，我这土包子甚至连长途火车也没有坐过，有限的几次出门都是和全班同学一起。我的家乡是华东平原上一座普通的小城，那里人烟稠密，人们过着一地鸡毛的日子，素无远志，也普遍缺乏应有的"天下"观念——吾乡自诩的一个说法，相反，是"半城山半城水"，真的是"抱残守缺"了。

实事求是地说，在被告知各种交通工具的使用方法之前，我等后知后觉的外省青年眼中的世界就是那么点大小的。

混迹于"艺术圈""设计圈"乃至"学术圈"的西方人正好相反，全部都是骄傲的"世界公民"，我曾经问及一位平素里甚是高傲的美国人为何喜欢香港，他的回答却让我尴尬："我喜欢香港是因为住在这里够方便。"——"方便来，但更方便离开！"这决绝的、"方便离开"的心态在西方社会或许并不少见：很多美国孩子在岁数不太大时就会结伴出门，远的像少年 T. S. 艾略特、菲利普·约翰逊那样作横渡大西洋的欧游，就近的，会拎着包随父母开房车四处漂泊，或是自己捏着几个美元混混"灰狗"。对有航海传统的西方人而言，"在路上"的经历是"壮游"（Grand Tour）的一部分，是培养无羁的"天下"观的好机会。

相比他们，甚至相比一些中国的同龄朋友，我在这方面的适应力算是够差，耐心也极少。或许是因为早年到成年这种巨大的反差，近年来，我对如此剧烈地四处"移动"总是有些莫名的不适，夜晚在记不住名字的小旅馆醒来，有时会好一阵才想起

出发又是离别之始　　　　　　　　　　　　　　　　　177

自己究竟身处何方。其实很好解释这种心理的脱节：我出门多半是因为办事所需，并不是一个天生的旅游者，更不用说成为只求"方便离开"的职业旅行家。事实上，我从来没学会规划自己的行程。

但是说来奇怪，尽管一次次地被广大的疲乏和紧张所淹没，但是置身于那些在故乡无法想象有时也难以理喻的风景中时，我竟也一次次感到了难言的兴奋——拖着疲惫的身躯回到暂时的居所后不久，我又走上了出发的路途。

2011年的冬天，因为转机的缘故，我一个人住在迪拜的一家酒店里，又想起了这个有关离别和出发的话题——身处在伟大的阿拉伯旅行家伊本·白图泰走过的国度时，刺激我神经的，不是棕榈树下别样的沙漠风情，而是写过《经行记》的唐朝人杜环的鬼魂。他老人家也许不会乐见被今天的人们叫成一位"旅行家"，否则，他怎么会在被阿拉伯人俘获西行后，花了十几年又千辛万苦地回到长安呢？不过，在今天，世界的每一个角落又重新点缀了许多黄色的面孔。在穷荒和天堑处，相对于饮食和文化更能彼此交通，也早习惯了满世界折腾的欧美白人、阿拉伯人、非洲人、南美人，这些看上去有些谨小慎微的面孔的星点存在，更让人意外，乃至惊喜。

也许这便是浸透在中国人血液里的纠结吧。

13-1 出发和归来：首都机场 3 号楼

对大多数中国人而言，那个唠唠叨叨的"家"依旧是常态，"出门"虽是临时的，但却因此令人充满神往，我自己的旅行时常被这种"回家"和"远行"碰撞而产生的火花点燃，以至于弄不清楚自己的方向。对此，郭沫若在《沪杭车中》的说法是：得自移动的观察，叙写较为客观；静观则导致过多"移情"般的赞慕。确实，某些去过一天的地方通常会让你念叨一辈子，各种细节娓娓道来，但得过一辈子的地方却要么溢美有加，要么永远不想提起……这或许是"生活在别处"的一般逻辑。

其实，仔细追究起来，大多数异域故事的"真实"是值得怀疑的，也无须为之辩护。一个但凡有过旅行经验的人都会知道：对于"别处生活"的演绎和严谨的考察报告难以在一种前提下共荣。

于是，有趣的故事和真实的生活来回撕扯，产生了我的一时兴会，或许也是这本书发生的缘由，也是它区别于《孤独星球》和《带一本书去xx》这类书的原因——重要的区别在于，我在书中提到的xx餐馆和xx名胜，我的读者们千万不要真的前去拜访。

本书以约翰·丹佛（John Denver）这样老掉牙的歌手开篇，谈到了美国给我的初次印象——回首望去，这样的印象确实已经过时，但是却不会从人类经验中完全消失。同样，描写这些"初印象"和"回望"经验的文字也不会彻底死亡，因为对于世界的探索总是熟悉和陌生的变奏。